CASTILLOS DE CARTÓN

colección andanzas

Libros de Almudena Grandes
en Tusquets Editores

ALMUDENA GRANDES
CASTILLOS DE CARTÓN

TUSQUETS
EDITORES

1.ª edición: febrero 2004
2.ª edición: febrero 2004
3.ª edición: abril 2004
4.ª edición: mayo 2004

Diseño de la colección: Guillemot-Navares
Reservados todos los derechos de esta edición para
Tusquets Editores, S.A. - Cesare Cantù, 8 - 08023 Barcelona
www.tusquets-editores.es
ISBN: 84-8310-259-5
Depósito legal: B. 24.257-2004
Fotocomposición: Foinsa - Passatge Gaiolà, 13-15 - 08013 Barcelona
Impreso sobre papel Goxua de Papelera del Leizarán, S.A.
Impresión: A&M Gràfic, S.L.
Encuadernación: Reinbook
Impreso en España

Índice

A Luis,
medio millón de veces

Pero el dos no ha sido nunca un número
porque es una angustia y su sombra.

Federico García Lorca

1
El arte

El tres es un número impar.

–Es para ti, María José... Jaime González. Después de trabajar más de quince años en el mismo departamento, todavía no había conseguido tener una secretaria para mí sola. Lorena, joven y atolondrada, pero voluntariosa, repartía su tiempo entre mis exigencias y las de Julián, un doctor en Historia del Arte, callado, taciturno y especialista en escultura barroca española –específicamente Alonso Berruguete–, que recepcionaba y tasaba más o menos de todo, igual que yo, pero sufriendo. A mí, en cambio, y a aquellas alturas, lo mismo me daba el azar que la necesidad. La empresa me había contratado como experta en pintura contemporánea y me pasaba la vida valorando joyas isabelinas, bargueños, bronces franceses del XVIII, y lo que me echaran. Yo quería ser pintora y descubrí a destiempo que no tenía talento suficiente. Esas cosas siempre se descubren a destiempo, sólo se descubren a destiempo, y no dejan espacio libre para descubrir ninguna otra cosa. Cuando renuncié, ni siquiera tenía veintidós años, pero hicieron falta muchos más para que lograra volver a sentirme tan vieja como en aquel momento.

—Pásamelo.

No puede ser Jaime González, me dije. Será alguien que se llame igual, él no. Y no tenía ni idea de quién podría compartir nombre y apellido con el único Jaime González que existiría jamás para mí. Quizás ese chico uruguayo que me había traído una tabla de Torres García tan exquisita, tan perfecta, tan redonda, que había cerrado la puerta de mi despacho para intentar convencerle en voz baja de que se la quedara, porque era un pecado subastar una obra como aquélla. Quizás ese nuevo rico gallego al que le había tramitado la adquisición de un espejo veneciano por el que había pujado hasta pagar una cantidad exorbitante, muy superior a su precio real y digna desde luego de un tardío arrepentimiento. Quizás un cliente nuevo, joven o viejo, rico o pobre, heredero o propietario de cualquier obra de arte que podía tener, o no, el valor que le suponía, ese dineral que acariciaba por las noches antes de dormirse, fruto de una leyenda familiar o del ingenuo cálculo de la revalorización que un galerista sin escrúpulos le había jurado por sus hijos que obtendría en el instante de pagar por ella. Claro que de vez en cuando aparece un Murillo auténtico en el desván de una casa de campo, pero incluso entonces, en un trabajo como el mío es muy difícil retener los apellidos, y casi nunca llego a conocer el nombre propio de las personas que me visitan. El señor tal, el señor cual, dice Lorena al abrir la puerta, y yo lo apunto en un papel para que no se me olvide. Luego, antes de salir, tiro todas esas notas a la papelera. Trato cada día con muchas personas a las que saludo y de las que me despido en el intervalo de una media hora, para no volver a tener noticia de ellos nunca más. Por eso, aquella mañana descolgué el teléfono con dedos perezosos, despreocupados, ignorantes del temblor con el que volverían a dejarlo en su lugar unos minutos después.

–Buenos días, soy María José Sánchez, ¿en qué puedo ayudarle?

Ésa era mi presentación habitual, y la solté con un acento tan neutro como si la tuviera grabada, pero nadie respondió a mi saludo. El silencio duró un par de segundos. Luego, una voz muy distinta a la mía, ronca, ligeramente ahogada y sin embargo familiar, me llamó por un nombre en el que hacía muchos años que no me reconocía.

–Hola, Jose.

–Jaime... –murmuré al principio, como si no pudiera confiar en la experiencia de mis oídos, y luego chillé, chillé de sorpresa y también de alegría, esa alegría incrédula, irreflexiva, que provocan las apariciones que llegan del otro lado, de la otra mitad del tiempo o de la memoria–. ¡Jaime González! Dios mío, cuánto tiempo... ¿Cómo estás?

–Bien. Yo bien. ¿Y tú?

17

–Yo también estoy bien. Ahora sí. He tenido momentos malos, no creas, pero... –entonces me detuve, porque había pasado mucho tiempo, casi veinte años, demasiados para tensar con explicaciones el hilo de una intimidad tan antigua–. Bueno, sigo con este trabajo de mierda, ya lo sabes... ¿Y tú? ¿Estás pintando?

–No. Lo intenté durante algunos años, pero... Total, que ahora doy clases en la universidad. De dibujo, naturalmente. Bellas Artes, en Valencia.

–No está mal.

–Bueno, tampoco está bien. Tengo alumnos mejores que yo, eso sí.

–¡Oh! –me eché a reír, él no me siguió, y busqué cualquier otra cosa que decir pero no la encontré, no sabía de qué hablar con él, no se me ocurría nada, no lo podía creer y sin embargo así era–. ¿Y me llamas por...?

–No –me cortó, desdeñando de antemano cualquier hipótesis, y entonces me di cuenta de que algo, lo que fuera, iba mal–. Yo... Verás, Jose... ¿Has leído el periódico esta mañana?

–Entero no –yo también me había puesto seria sin saber por qué–. No he tenido tiempo todavía.

–Marcos ha muerto. Se ha suicidado. Se ha pegado un tiro con la pistola de su padre, te acuerdas, ¿no? Lo encontraron en su estudio, ayer por la tarde. A mí me avisó su ex mujer. El entierro es mañana, a la una... –hizo una pausa, y cuando volvió a hablar, su voz temblaba–. Tenía que contártelo, ¿sabes?, eso fue lo primero que pensé al enterarme, que tenía que decírtelo yo, que tenía que contártelo...

Se llamaba Marcos Molina Schulz.

Cuando vi su nombre en la lista de los alumnos admitidos en la especialidad de Pintura, pensé que así cualquiera, que con un nombre como ése ya se podía ser artista. Yo no tenía tanta suerte, desde luego. Mi nombre, María José Sánchez García, ni siquiera García Sánchez, que suena bien, sino Sánchez García, y María José, encima, parecía condenado a vagar sin solución por el limbo cruel de todas las listas, ese infierno templado de la vulgaridad. Pero yo también quería ser artista, y era demasiado joven, demasiado insignificante como para adoptar un seudónimo. Por eso escogí una opción que me pareció al mismo tiempo más sencilla y más radical.

–Hola, me llamo Jose –le dije al primer compañero que se me acercó.

–¿Jose? –me preguntó, su extrañeza a punto de desembocar en una carcajada.

–Sí, Jose Sánchez –precisé, fingiendo una naturalidad que aún no sentía–. ¿Y tú?

El truco dio resultado, sobre todo porque mi aspecto desmentía por sí solo cualquier otra ambigüedad. En otoño de 1980 yo tenía diecisiete años y llevaba el pelo muy largo, una melena lisa, densa y casi rubia en verano, cuando el sol teñía por su cuenta los mechones que enmarcaban mi cara. Si me los recogía con un pasador detrás de la cabeza, parecía la modelo de un retrato renacentista, una damita florentina del Quattrocento que hubiera escapado de una tabla de Fra Filippo Lippi para cambiar la túnica y la corona de la Virgen María por unos vaqueros ajustados y una blusa transparente de algodón hindú. A mi abuela no le parecería muy femenina, pero en aquella época, y en una facultad donde la mitad de los varones llevaban el pelo tan largo como yo, mi imagen de *madonna* desorientada aportaba una garantía suficiente de que el travestismo no iba más allá de mi nombre propio. Eso era importante para mí incluso en el primer curso de Bellas Artes, un torneo a muerte por el trofeo de la originalidad entre una pequeña multitud de adolescentes narcisistas, enfermos de extravagancia.

En cuarto, cuando conocí a Marcos y a Jaime, ya había cumplido veinte años y no me esforzaba tanto por llamar la atención. Había aprendido a tomarme mi vocación en serio, y aunque en aquella época me habría dejado torturar hasta la muerte antes de reconocerlo en voz alta, ahora sé que ya había empezado a dudar de mí misma. No lo tenía fácil. Nunca había aprendido a dibujar, nadie me había enseñado. Era algo que hacía por instinto, sin saber ni siquiera que lo hacía bien, cuando mis dibujos empezaron a llamar la atención. Mi padre, que era arquitecto y se pasaba la vida con un lapicero en la mano, me vigiló a distancia, sin apremiarme ni dirigirme, sin comentar con nadie mi habilidad, hasta que cumplí doce años. Entonces, sólo entonces, me regaló un maletín de madera lleno de ceras, pasteles, témperas y lápices acuarelables, y un bloc Guarro de papel duro, poroso, que me pareció tan inmenso, tan inabarcable como un mapa del mundo en blanco.

Yo estaba acostumbrada a terminar el curso con unas notas discretas, aprobados más o menos exiguos, algún notable en lengua o en ciencias naturales, y un estruendoso sobresaliente en dibujo. Para mí era una cosa normal. En esa asignatura, y sólo en ésa, iba siempre por delante de las demás, dibujando un muñeco de madera articulado cuando ellas no habían acabado con las manzanas de plástico, copiando una máscara de Séneca cuando ellas empezaban con el muñeco de madera, y disfrutando de la felicidad del tema libre los dos últimos meses del curso, mientras las más rezagadas seguían dibujando melones por más que lo que tuvieran delante fueran manzanas y sólo manzanas. Yo no lo entendía, no lo podía entender, y tampoco era capaz de relacionar la suya con mi propia torpeza, esa incapacidad para la aritmética, por ejemplo, que me dejaba en blanco ante una división con decimales, porque las divisiones con decimales no existen, no tienen ninguna relación con el mundo de las cosas verdaderas, las que se pueden ver, las que se pueden tocar, las que se pueden contar. Nadie ha visto jamás una coma con decimales flotando en el aire, pero las manzanas están ahí, las acariciamos, las olemos, las tocamos, nos las comemos todos los días, y por eso es imposible no saber dibujarlas. Porque dibujar una cosa es conocerla, y todas las cosas que se conocen se pueden, se deben dibujar. Eso pensaba yo, y asumía con la misma naturalidad que mi ineptitud se trocara en brillantez cuando el programa de matemáticas saltaba de la aritmética a la geometría, esas formas y volúmenes desplazándose sobre un plano que yo no podía tocar, no podía oler, no podía comer, y sin embargo comprendía igual que si las estuviera viendo volar en el cielo. Porque eso también era lo normal. Todos los años, en la fiesta de fin de curso, subía al escenario del salón de actos para recoger un premio de dibujo o de pintura, y mis padres me aplaudían con las mismas ganas que los padres de las otras niñas galardonadas. Hasta que él vio en mis dibujos algo que no había visto antes nadie más.

No sé lo que fue, pero recuerdo aquellos blocs de hojas grandes, duras, blanquísimas, como el principio de algo diferente, un camino que me llevaría a dibujar también las cosas que no conocía, las que nunca había visto. Mi padre fue un buen maestro, un guía mucho más audaz, más estimulante que las profesoras que había tenido hasta entonces. Él nunca me dijo pinta lo que quieras, quizás porque sabía que así nunca dejaría de pintar esos paisajes ideales que parecían salidos de las películas de Walt Disney −verdes, floridos, pulcros, con lomas suaves y caminos sinuosos, y conejitos, y patitos, y pollitos, y un río con un puente, y una cascada de agua espumosa, y otra de hiedra tropical, todo bien empastado de cera, difuminado con el meñique y realzado después con trazos finos de lápices de colores− con los que ganaba invariablemente los premios del colegio. Él me dijo algo distinto, pinta lo que veas, y al principio no le entendí.

−Pero lo que veo es lo que hay, ¿no? Quiero decir que las cosas son como las vemos, esta mesa, esas sillas, la ventana...

−A lo mejor sí −fingió darme la razón al principio−, a lo mejor tienes razón. Pero figúrate que yo odio esta habitación. Por lo que sea, por alguna razón que ni siquiera te puedo explicar. No me gusta la mesa, no me gustan las sillas, no me gusta lo que se ve por esa ventana, no estoy a gusto en esta habitación, no quiero estar aquí. Si me pasara eso, daría igual que lo que me rodea fuera bonito o no, porque para mí este cuarto sería como una cárcel... Intenta imaginártelo. Entonces no pintaría lo que hay, ¿no?, pintaría lo que siento, y seguramente lo haría en blanco y negro, como si esta habitación fuera un calabozo, y le pondría alguna telaraña, sombras misteriosas en las paredes, muebles con las patas torcidas, a punto de romperse...

Me eché a reír, me parecía tan raro lo que me contaba, él sonrió conmigo, pero volvió a insistir.

–De eso se trata, de que pintes lo que tú sientas, de que dibujes las cosas como tú las ves.

Asentí con la cabeza, como si le hubiera entendido, y me pregunté qué querría decir exactamente. Lo descubrí enseguida, esa misma noche, cuando me cansé de dar vueltas en la cama, y me incorporé, y encendí la luz de la mesilla, y al resplandor débil, artificial, de una bombilla de 40 vatios envuelta en una pantalla de tela rosa, estudié los objetos que había en mi cuarto. Nunca me había gustado esa muñeca. Era tan fea, tan cursi, tan falsa. Parecía antigua pero era moderna, una copia de las viejas muñecas de porcelana. Llevaba un vestido de terciopelo marrón, horroroso, y un gorro a juego, la cara parecía un merengue caducado o la cobertura de una tarta rancia, desprendía un polvillo blancuzco cuando la tocaba, y la habían pintado con colores muy fuertes, igual que a los maniquíes de las tiendas, pero no se habían tomado el trabajo de eliminar la rebaba que unía entre sí los dedos de sus manos, como la membrana de las patas de un sapo. Cuando la vi, dije que me encantaba, pero eso lo hice porque me la había regalado mi tío Antonio, porque me la había traído de Londres, porque él vivía allí y le veía muy poco. De esto, en cambio, no se iba a enterar nadie. Cogí el bloc, el lápiz, y dibujé hasta que los ojos se me cerraron de sueño.

Ensucié muchas hojas antes de conseguir lo que pretendía. Al principio tenía problemas con el formato, era incapaz de llenar un espacio tan grande, la muñeca parecía perdida en el centro de una nada blanca y rugosa. Luego, cuando empecé a dominar las proporciones, los problemas fueron cambiando, concentrándose en su cara. Conseguía con facilidad expresiones crueles, terroríficas o grotescas, pero eso no era lo que yo veía. Así que dibujaba y borraba, y volvía a dibujar y volvía a borrar, hasta que dejaba las hojas inservibles de restos de goma y hendiduras de lápiz. Yo quería una muñeca polvorienta, desgraciada, triste, como una flor que nunca hubiera sido bonita cuando ya se ha marchitado en un vaso de duralex. Cuando estaba a punto de rendirme, el gris me salvó, me ha salvado muchas veces. Entonces aprendí que lo que no logra el dibujo puede lograrlo el color, y aunque su benéfica intervención no me regaló un triunfo completo, sino un fracaso a medias, la combinación de grises, rosas y sepias dio un resultado aceptable. El retrato de mi muñeca me inspiraba un desagrado que estaba a medio camino entre la repugnancia y las ganas de llorar, y eso al menos funcionaba.

–Está muy bien, Mari Jose –aprobó mi padre–. Un poco lúgubre, ¿no?, pero muy bien.

Mi profesora de dibujo no se mostró muy partidaria de que abriera tanto los ojos, sin embargo. La aplicación de mi mirada personal al objeto propuesto para un examen de fin de trimestre me costó el único aprobado por los pelos en esa asignatura que aparece en mi libro escolar. Si no me suspendió fue porque mi trabajo, estéticamente repulsivo en su opinión, no dejaba de ser el mejor de todos.

–¿Qué es esto, María José? –me preguntó cuando se lo entregué.

–Pues... mi examen –respondí.

–Eso ya lo sé –movió sus gafas hasta encajarlas en la punta de la nariz y me miró por encima de las bifocales–. Lo que te estoy preguntando es qué es lo que has dibujado.

–Una figurita de cerámica espantosa, con dos pastorcillos que parecen paralíticos, porque tienen el cuerpo desproporcionado, y en vez de inclinarse, se doblan hacia delante como si tuvieran reúma –me paré a tomar aliento, pero todavía no lo había dicho todo–. El que los ha hecho es un escultor muy malo, y el que los ha pintado es todavía peor. La cara del niño es igual que la de la Nancy.

–Eso es lo que opinas, ¿no?

–Eso es lo que veo.

–Muy bien. Pues lo que yo veo es que esto es una porquería –rasgó la lámina en cuatro trozos, los tiró a la papelera y miró el reloj–. Tienes veinte minutos para repetirlo.

–No debería haberlo roto –le advertí después de un rato, cuando la indignación se extinguió para abrir paso a una arrogancia nueva, desconocida hasta entonces para mí–. Era mi examen, y estaba bien.

Nunca repetí aquella lámina, pero comprendí enseguida que me había equivocado. Mis notas, pobres por lo general, me parecieron paupérrimas con aquel cinco en dibujo, y eso ni siquiera era lo más importante. Peor fue comprender que la única aliada que tenía entre las autoridades del colegio estaba a punto de pasarse al enemigo, recordar que no estaba previsto ningún cambio de profesor en esa asignatura para el curso siguiente, y aceptar que mi desplante no me había deparado ninguna consecuencia agradable, y sí una profunda sensación de haber metido la pata de la manera más tonta. No le conté nada a mi padre. Aproveché la primera ocasión para volver a pintar un paisaje verde, florido, pulcro, con lomas suaves y caminos sinuosos, y conejitos, y patitos, y pollitos, y un río con un puente, y una cascada de agua espumosa y otra de hiedra tropical, y me reenganché al sobresaliente como si en mi último examen no hubiera pasado nada. Pero eso no era verdad.

Todo había cambiado. Quizás antes de tiempo, y en un proceso demasiado brusco, casi violento, pero también definitivo. No había marcha atrás, porque yo no tenía la menor intención de iniciarla, y sin embargo no podía avanzar en línea recta, al menos no siempre, no en público. A la primera revelación, la mina de oro inexplorada, virgen, que yacía bajo mis párpados, sucedió una segunda, las ventajas de la impostura. A partir de entonces y hasta que acabé el bachillerato, actué como un agente doble, pintando cosas diferentes para mí y para los demás. Ni siquiera a mi padre le enseñaba todo lo que hacía, sólo algunas cosas, las más amables, suaves y convencionales. En aquella época, con catorce, quince años, mi imaginación estaba atrapada en una espiral macabra que me impulsaba a dibujar naturalezas más podridas que muertas, rosas negras a medio deshojar en jarrones de cerámica resquebrajada, limones secos con la piel arrugada y florecida de mohos, alcachofas armadas con espinas de cardo, o gente muy fea, mujeres grotescas e inmensamente gordas, hombres grotescos e ilimitadamente delgados. A mí misma me parecía muy extraño, pero no podía dejar de hacerlo porque intuía que aquel camino me llevaba a alguna parte, por más que no lograra vislumbrarla siquiera, y porque nunca había sido tan feliz dibujando, nunca había invertido tantas horas en mi bloc ni me había levantado de la mesa tan satisfecha del resultado. Nunca progresé tan deprisa como entonces, cuando estaba empezando a pensar que tal vez mi destino fuera pintar el lado horrible de todas las cosas, hasta que un domingo vino a comer la hermana pequeña de mi madre con sus hijos, y me di cuenta de que jamás había intentado dibujar a un niño.

Fue como una revelación, un fogonazo, y al mismo tiempo algo tan sencillo como invertir el proceso, modificar el sentido de una maquinaria que conocía a la perfección, asumir el desafío de pintar el lado bueno de las cosas injustas, desgraciadas o tristes. Acababa de cumplir dieciséis años.

–Tía Sole..., ¿te importa que le haga fotos a Quique?

–¿A mí? –ella se me quedó mirando, muy sorprendida–. No. ¿Por qué me iba a importar?

Cogí a mi primo en brazos, me lo llevé a mi cuarto, lo senté en la cama y le disparé un carrete entero sin interrupciones, oprimiendo el pulsador de la cámara como si mi dedo fuera un mecanismo automático. Cuando revelé las fotos, encontré más o menos lo que había buscado, y entonces lo pinté, pinté a mi primo Quique como yo le quería, lleno de luz, alegre y adorable, más allá del síndrome de Down con el que había nacido, con el que viviría toda su vida. No me engañé, ni intenté engañar a nadie. En mi dibujo, Quique, detenido para siempre en los dos años y medio, tenía la cabeza demasiado grande, las manos torpes, los brazos y las piernas muy delgados, los ojos pequeños, rasgados, oscuros. Y sin embargo brillaba. Un gris casi blanco, amable, plateado, resplandecía en su enorme frente, y reflejaba sus mejillas soleadas, calientes, que contrastaban con la intensidad de su boca abierta, los labios del color de la carne de las fresas, los dientes diminutos y blanquísimos. Cuando lo terminé, me gustó tanto que me atreví a enseñárselo también a mi madre, que era mucho más exigente conmigo que su marido.

–¡Anda, hija mía, que eliges siempre unos temas de lo más agradables! –dijo nada más verlo, pero antes de mirarlo. Cuando lo hizo, estuvo callada un rato muy largo, sin apartar los ojos del dibujo. Luego los volvió hacia mí, y vi que sonreían–. ¿Sabes lo que vamos a hacer ahora mismo? Vamos a llevarlo a enmarcar para regalárselo a la tía Soledad. Es precioso, y estoy segura de que le va a encantar. Enhorabuena, Mari Jose...

Quique fue mi primer modelo, y el mejor que he tenido nunca. Lo retraté muchas, muchísimas veces, a lápiz y a carboncillo, con témperas y acuarelas, y la primera vez que me atreví a pintar al óleo hice un retrato de Quique. Le pinté dormido y despierto, alegre y llorando, quieto y en movimiento, entero y por piezas. Llegué por mi propio camino al ejercicio clásico del estudio, y dibujé cientos de veces el gesto de su boca, la curva de sus párpados, sus dedos gordos, torpes, la palma abultada y lisa de sus manos sin líneas, sin relieve, hasta que me lo aprendí todo de memoria y pude prescindir de las fotografías, de los apuntes, de mi propio modelo. Entonces empecé a pintar también a otros Quiques, que no dejaban de ser él y a la vez eran distintos, a veces niñas, otras bebés, también algún adulto, mi propia versión del adulto que mi primo sería algún día, y muchos grupos, composiciones de tres, de cuatro figuras, en las que todos eran Down hasta que descubrí la eficacia de incluir un elemento distinto, una persona genéticamente normal, casi siempre una anciana, o un anciano de expresión cansada y ojos inteligentes, astutos. Mi hallazgo fue convirtiéndose en una obsesión que dejó de gustarle a mi madre, que empezó a preocupar a mi padre, pero que me deparó un brillante ingreso en la

Facultad de Bellas Artes, donde miradas menos prejuiciosas o conscientes valoraron muy deprisa mi trabajo.

Yo era «esa chica de pelo largo que pinta familias de mongólicos, ya sabes», y por eso no podía llamarme María José Sánchez García, un nombre tan fácil de olvidar. Por eso, también, adquirí algunos hábitos de los que apenas me gustaba su apariencia, como fumar unos cigarrillos artesanales que yo misma me fabricaba liando en un papelillo tabaco de pipa, o beber coñac por las mañanas. Pero entonces todo era más fácil, en primero, en segundo resultaba muy fácil destacar. La mayoría de mis compañeros alcanzaban a duras penas el nivel de un buen autor de cómics, y otros ni eso. Algunos llegaban al sobresaliente desde el trampolín de un estilo tan manido, tan convencional, tan viciosamente académico que me inspiraba menos envidia que desprecio. Había dibujantes magníficos que carecían de sentido del color, pintores natos que nunca se habían tomado la imprescindible molestia de aprender a dibujar, y algún que otro practicante del hiperrealismo fotográfico cuyo trabajo resultaba curioso, técnicamente admirable pero soso, insípido, trivial como el sabor del agua del grifo, e incapaz de conmover. Cuando terminamos tercer curso, mi grupo había perdido ya más de la mitad de los alumnos con los que empezó, y yo iba en cabeza. Era una buena dibujante, una buena pintora, y había desarrollado, si no un estilo, sí al menos un tema propio antes de cumplir veinte años. Me llamaba Jose Sánchez y era famosa. Y sin embargo, ahora sé que ya había empezado a dudar de mí misma.

Lo haría cada vez con más frecuencia, con una progresiva convicción, nuevos motivos. Al empezar cuarto me quedé atónita, casi paralizada por el asombro. No podía entender de dónde había salido tanta gente admirable, dónde habían estado metidos, por qué no había oído nunca hablar de ellos. En la especialidad se invirtió la situación de los cursos comunes, éramos pocos y la mayoría muy, muy buenos. Algunos me sonaban de haberlos visto alguna vez, en el bar o por los pasillos, pero otros me resultaban completamente desconocidos. Pronto descubrí que venían de otras facultades, colegios universitarios donde sólo se podía cursar el primer ciclo de la carrera o universidades con menos nivel, menos prestigio que la de Madrid. Jaime González era uno de ellos.

Había nacido en Castellón, se movía aún con la cautela propia de quien acaba de instalarse en una ciudad donde no ha vivido antes y, si hubiera podido evitarlo, creo que nunca me habría fijado en él. Pero no pude, nadie habría podido, porque no era alto, no era guapo, no era delgado, estaba abocado a convivir con un aspecto físico vulgar, más impropio aún de un artista que mi nombre propio, pero era un dibujante prodigioso, extraordinario, el mejor que he conocido jamás. La primera vez que le vi dibujar sentí algo parecido a una alucinación, como si al pisar una baldosa cualquiera del suelo, sin escogerla, sin darme cuenta, la realidad se hubiera convertido en el decorado de una película de ciencia-ficción. Si hubiera sido así, su lápiz habría sido sin duda el efecto especial más especial de todos.

–¿A ver, qué queréis?

Escuché primero su voz, un acento valenciano bastante cerrado que provenía del interior de un corro. Al acercarme, me encontré con que media docena de compañeros rodeaban a un chico que parecía de pueblo, un campesino sano, colorado, el cuello de toro y la cara muy ancha, labios gruesos, pómulos marcados, cejas espesas y una nariz larga, fina, aristocrática, que parecía trasplantada de un rostro diferente. Sostenía entre las manos un bloc de dibujo y un lápiz del que apenas asomaba la punta. Sus dedos eran fuertes, cortos, gordos como percebes, una antítesis casi ideal de lo que se supone que tienen que ser los dedos de un dibujante, las manos que había dibujado Escher.

–Bueno, voy a empezar con una Virgen de Rafael...

Primero creí que era una broma, luego que era un truco, al final acepté que era un milagro. No me paré a contar los trazos, pero habría jurado que no le había dado tiempo a completar ni una docena cuando levantó el bloc, valoró su obra, nos la enseñó y vimos una Virgen de Rafael, nada más y nada menos que una Virgen de Rafael, tan idéntica al original que se me pusieron los pelos de punta.

–Una tahitiana de Gauguin –anunció luego, y al verla, aplaudimos, silbamos, alguien gritó incluso, de sorpresa y de alborozo, mientras él se limitaba a sonreír, como si estuviera muy acostumbrado a esa clase de reacciones–. Ahora, una bailarina de Degas...

Y fue una bailarina de Degas, un dibujo borroso, deliberadamente abocetado, las zapatillas apenas insinuadas, el tutú inacabado, las líneas rotas, tal y como las hubiera dejado su autor. Aquello me impresionó tanto que ni siquiera me di cuenta de que estaba expresando mi asombro en voz alta.

–Nunca he visto nada igual –dije, y él me miró–. Parece magia.

–¿Cómo te llamas?

–Jose.

–Muy bien, Jose... –no me pidió que repitiera mi nombre, no dejó escapar ni una sola exclamación, no mostró ninguna clase de extrañeza, por eso comprendí que, aunque nunca le hubiera visto, él ya sabía quién era yo–. No te muevas.

Entonces me dibujó. No hizo una caricatura, ni le puso mi cara a ninguno de los modelos que ya dominaba, no se limitó a trazar un boceto, ni un estudio, ni un apunte que perfeccionar más tarde. Me dibujó, hizo un retrato a lápiz de mi cabeza, con el ceño fruncido y los labios abiertos en una sonrisa tibia, indecisa, mi cara en menos de veinte trazos. Yo habría necesitado muchísimos más. Lo sabía porque hacía meses que me estudiaba a mí misma. No se lo había contado a nadie, pero pretendía que mi próximo óleo fuera un autorretrato, yo con síndrome de Down, una propuesta radical que no encerraba otra cosa que el primer indicio claro de mi inminente agotamiento.

–Es estupendo –le dije cuando le devolví el bloc, definitivamente resignada a la estupefacción–. Gracias.

Estaba segura de que arrancaría la hoja para regalármela, pero no lo hizo. Cerró el cuaderno, se metió el lápiz en un bolsillo y se levantó.

–Dibuja ahora un arlequín de Picasso –le pidió alguien.

–No. Sólo dibujo mujeres.

Mientras cruzaba el aula en dirección a la puerta, un chico que no se le parecía en nada, alto, guapo, delgado, como un arcángel desarmado, sin alas y sin espada, le saludó con una carcajada a la que el dibujante prodigioso respondió con un puñetazo blando en un brazo. En aquel momento, me sorprendió mucho verlos juntos, pero me acostumbré enseguida, todos nos acostumbramos muy pronto, cuando empezó a ser imposible verlos por separado.

A pesar de la brusquedad de aquella primera despedida, Jaime González era un tipo sociable. Tenía mucho sentido del humor y talento para divertirse, le encantaba contar chistes y reírse con los que contaban los demás, le gustaba la gente. Hablaba por los codos, pero sabía escuchar, y se encontraba a gusto en el centro de las reuniones, aunque su entusiasmo se revelaría enseguida como el peor de sus defectos, además de como su principal virtud. Cuando Jaime se estaba divirtiendo, era casi imposible marcharse de un bar. No toleraba las deserciones y recurría a cualquier cosa, el chantaje, las amenazas, las súplicas llorosas y hasta los abrazos de oso, para convencer a los bebedores prudentes de que se quedaran a tomar la última copa, que con él de por medio nunca sería la última, ni siquiera la penúltima. Mientras tanto, su amigo el árcangel estaba siempre a su lado, siempre en silencio, pero sin dar nunca la impresión de aburrirse. No sólo era el chico más alto de la clase, también era el más guapo, aunque su belleza tenía un punto excesivo, ambiguo, una delicadeza casi femenina a pesar de los granos, pocos pero de tamaño considerable, que brotaban en su frente, en su cuello. Su rostro era muy perfecto y su cuerpo también, un conjunto admirable de rasgos finos, alargados, elegantes, que cobraron un sentido definitivo cuando alguien me dijo cómo se llamaba. Ningún otro alumno de mi clase habría estado a la altura de aquel nombre envidiable. Él era Marcos Molina Schulz. Y me gustaba.

Yo me consideraba casi amiga de Jaime, con esa amistad a medias que se establecía en las mesas del bar de la facultad entre quienes se sentaban juntos todos los días lectivos pero no quedaban para salir los fines de semana, cuando hablé con él por primera vez. Fue en una mañana inestable, de sol y nubes, una de esas mañanas de pesadilla en las que la luz puede llegar a cambiar varias veces en un solo minuto. Yo había llegado pronto y había pillado un buen sitio, al lado de la ventana, él trabajaba ya con formatos bastante grandes y desplazó su lienzo en varias etapas, buscando una situación mejor, hasta que lo colocó junto al mío. Le vi acercarse con el rabillo del ojo y no presté mucha atención a lo que estaba haciendo, hasta que su trabajo invadió sin remedio mi campo visual.

Era un acrílico casi acabado, la imagen de una muchacha triste con un camisón blanco. Estaba sentada con las piernas cruzadas en el suelo de baldosas de una habitación misteriosamente desangelada, porque había una cama con cabecero de tubos metálicos en buen estado, una alfombra de lana clara a sus pies, una butaca tapizada con una cretona de flores en colores alegres que hacía juego con las cortinas descorridas, un escritorio cubierto de pilas de libros, y un estante con pequeños juguetes, y todo, excepto quizás los barrotes del cabecero de la cama, demasiado austeros, casi carcelarios, debería resultar neutral, común, previsible, un dormitorio como cualquier otro, desde luego no el de la única hija de una familia burguesa, pero sí un cuarto de pensión, o de un colegio mayor, o tal vez el refugio de la criada de una familia acomodada pero respetuosa con la servidumbre. Eso es lo que debería parecer, pero no era lo que parecía. A través de la ventana se veía un cielo rosa, imposible y deslumbrante, trabajado con una técnica más propia del cromatismo abstracto que de la tradición figurativa, un recurso que se repetía en otras zonas del cuadro. Podría ser, pensé, podría ser, pero deseché enseguida esa hipótesis, porque no era eso. No sabía lo que era, excepto que lo que estaba viendo no era lo que debería ver, porque la modelo era joven, y las paredes lisas, y los muebles nuevos, y sin embargo todo se resquebrajaba, se dolía, agonizaba, las paredes se estaban cayendo a pedazos, la carcoma devoraba los muebles, la muchacha no era tal, sino una vieja precoz, consumida y exhausta.

Quizás, si no lo hubiera tenido delante, no me habría fijado siquiera, porque no tenía nada que ver con las exhibiciones de Jaime. Nada aquí era fácil, nada era rápido ni estruendoso. Por eso lo miré durante mucho tiempo, necesité mucho tiempo para comprender cuánto me gustaba, y más que eso, cómo lo envidiaba. Lo que no puede lograr el dibujo, a veces puede lograrlo el color, recordé, pero ése era un axioma para artistas mediocres, frágiles, impotentes. Él no lo necesitaba, no había tenido que abusar del gris para lograr una imagen polvorienta, desgraciada, triste, como una flor que nunca hubiera sido bonita cuando ya se ha marchitado en un vaso de duralex. Tal vez no fuera brillante, pero era profundo, violento, conmovedor. Era lo que tenía que ser, y yo nunca llegaría a tanto.

Cuando conseguí deshacerme del hechizo de aquel cuadro, me di cuenta de que estaba pegada a su autor, que me miraba sorprendido, hasta divertido, con los brazos cruzados y media sonrisa en los labios.

–Es muy bueno –le dije para justificar mi invasión, y lo repetí, como si pretendiera subrayar el elogio–. Muy bueno.

–No –contestó él–. Es Hopper, es Freud, está muy visto. No vale nada.

–No –insistí–. No estoy de acuerdo. Puede recordar a Hopper, puede recordar a Freud, pero yo no me he dado cuenta de eso antes, al mirarlo. Y me parece muy bueno, me gusta mucho, en serio.

–No lo creo.

–Sí.

–No.

–Mira, te voy a decir una cosa... –estaba molesta, casi indignada por su reacción, esa radical negación de sus méritos que me sacaría de quicio muchas otras veces–. No se trata de lo que está ahí, sino de lo que yo he visto. Y he visto muchas más cosas de las que están ahí, porque tú las has pintado. Esa luz sucia, casi tenebrosa, el cielo rosa, la tristeza... Porque todo es triste, y no tendría por qué ser así, y tú lo sabes. Por eso creo que es lo mejor que he visto en esta clase.

–No digas tonterías.

Aquel comentario me desarmó. Él no levantó la voz, no descruzó los brazos, no dejó de sonreír, y sin embargo esas tres palabras irradiaban tanta dureza que de repente me sentí ridícula, incapaz de seguir sosteniendo unos argumentos que ni siquiera me favorecían. Primero me puse colorada. Luego volví a mi lienzo, cogí la paleta, empecé a retocar el fondo de mi propio cuadro, y entonces le escuché.

–Oye, Jose... –su voz era tan suave, tan neutra como antes–. Si quieres, te lo regalo. En cuanto lo presente, te lo llevas.

–¿En serio? –aquello era más de lo que podía esperar, y por eso giré la cabeza, volví a mirarle, le sonreí.

–Sí. Es malo..., pero me alegro de que te guste. A mí me gusta mucho lo que haces tú. He visto tus mongólicos, son fantásticos.

Entonces giré despacio el cuadro en el que estaba trabajando, *Autorretrato con síndrome de Down*, y él asintió con la cabeza, apreciándolo.

–¿Lo ves? –me dijo–. Es buenísimo.

–No –respondí, y ni siquiera me di cuenta de que estaba a punto de confesar en voz alta lo que no me había atrevido todavía a decirle a nadie–. Es un puro efecto, justo lo que parece. No hay nada debajo.

Le dije a Lorena que había empezado a sentirme muy mal de repente y no mentí. Me había olvidado el periódico en el despacho y compré otro antes de coger un taxi. La noticia era larga, elogiosa, y omitía el detalle del suicidio. Aquel silencio me inspiró un alivio trivial y pasajero.

Cuando llegué a casa, la asistenta se había marchado ya. Todo estaba limpio, recogido, helado como el vestíbulo de un mausoleo. Es increíble cómo aguanta esta mujer el frío, pensé al encender la calefacción, pero aunque puse el termostato al máximo, ya sabía que no sería fácil entrar en calor. En la pared principal del salón, encima del sofá, colgaban dos obras de Marcos, técnica mixta sobre cartón de embalaje, cuadros relativamente recientes, de la que los críticos consideraban la primera etapa de su época de madurez, antes de que empezara a retratarme en todas las mujeres jóvenes que pintaba. Los había conseguido cinco años antes, y sólo porque la galerista me debía un favor tan gordo que no le quedó más remedio que rebajarme un quince y dejarme pagar a plazos. Al contado no habría podido comprar ni siquiera uno. En aquel momento, Marcos era ya uno de los pintores más caros de su generación, y no sólo por su calidad sino porque, además, su obra circulaba muy poco.

No te lo puedes figurar, me contó aquella mujer, pinta muchísimo, pero nunca está satisfecho con nada de lo que hace... Sí me lo podía figurar, pero no dije nada, y fingí escucharla con interés mientras me contaba los tormentosos episodios de su odisea con Molina Schulz, cómo le dejaba miles de recados en el contestador a los que él no respondía jamás, cómo se negaba a abrir la puerta cuando iba a verle aunque la portera le hubiera asegurado que estaba en su estudio, cómo ya se había declarado vencida, incapaz de convencerle de que expusiera cada dos o tres años, igual que todos los demás, cómo de vez en cuando, sin tomarse la molestia de avisar, de concertar una cita de antemano, iba a verla con un par de cuadros, nunca tres, porque necesitaba dinero o porque, simplemente, ya no le gustaban, y no soportaba verlos todos los días colgados en la pared. Yo le mandaría a la mierda, te lo juro, me dijo, pero no puedo, porque estoy convencida de que va a llegar, de que está entre los que serán grandes... Por eso no quería venderme sus cuadros, pero yo tenía una carta en la manga, los herederos de un pequeño, pero muy exigente, coleccionista de El Paso, que preferirían no sacar a subasta pública las obras que habían sido la pasión de su padre si yo podía encontrarles antes una buena oferta. Ella era mi compradora ideal, y yo la suya, las dos lo sabíamos. Cuando nos despedimos, le conté una parte de la verdad, que yo había hecho Bellas Artes con Molina Schulz, que habíamos sido muy amigos, que me gustaría que supiera que había comprado sus cuadros... No quiso darme su teléfono, porque le tenía pánico, pero me prometió que le daría el mío, y lo hizo.

–Hola, Jose, soy Marcos. Ya me he enterado de que has comprado dos cuadros míos, y no deberías haberlo hecho, porque son muy malos, pero, en fin, como tú siempre has tenido esa manía... También sé que estás bien, así que no te lo pregunto. A veces me acuerdo mucho de ti, ¿sabes?, de Jaime y de ti y de mí, pero sobre todo de ti. Por eso te pinto. Bueno, un beso... Ya te llamaré otro día, a ver si nos vemos.

La distancia entre la penúltima frase y la última era tan oceánica que antes de que el contestador rebobinara el mensaje ya estaba segura de que no volvería a llamarme nunca más. En aquel momento me pareció lógico, normal, habían pasado muchos años, demasiados, yo no sabía cómo era Marcos ahora y él no sabía nada de mí. Me hubiera encantado hablar con él, contarle cuánto me gustaba lo que hacía, cómo me alegraba cada mañana al ver sus cuadros colgados en mi pared. Le habría dicho que yo también me acordaba mucho de él, que seguía admirándole y queriéndole aunque ya no le viera, y él me habría contestado que no dijera tonterías, así

44

que quizás, después de todo, había sido mejor que no coincidiéramos, que yo me hubiera guardado para mí la aguja de emoción y de melancolía que sentí al escuchar su voz grabada. Pero eso había sido cinco años antes, cuando estaba vivo. No había vuelto a saber nada de él hasta que le vi de pronto en todos los periódicos, hacía sólo unos meses. Molina Schulz reapareció en Arco después de ocho años de no exponer en Madrid, y cuando los críticos se recuperaron del pasmo, se enzarzaron en una polémica feroz, es lo mejor que ha hecho, es lo peor que ha hecho, es sublime, es decepcionante, es un punto de partida, es un callejón sin salida, que al pintor parecía divertirle mucho. A mí no me hizo ninguna gracia, en cambio. Se está automutilando, eso fue lo que pensé cuando lo vi, una serie de aguadas tan idénticas como si formaran una secuencia, colores sombríos, oscuros, mates, una paleta impropia de aquella técnica, una técnica impropia de un pintor como él, una obra menor y lúgubre, muy buena, porque era suya, pero tan negra como la mirada de un asesino condenado a la silla eléctrica. Tal vez ya se había sentenciado a sí mismo, pero yo no me di cuenta, no habría podido, porque en uno de los suplementos dominicales encontré una entrevista muy larga, con fotos de su estudio en color y a toda página. En la primera, el artista posaba sentado en su mesa. Al fondo, sobre la pared, y en un marco mucho mejor del que merecía, colgaba una lámina escolar con un

45

paisaje verde, florido, pulcro, lomas suaves y caminos sinuosos, y conejitos, y patitos, y pollitos, y un río con un puente, y una cascada de agua espumosa y otra de hiedra tropical, todo bien empastado de cera, difuminado con el meñique y realzado con trazos finos de lápices de colores. Al verla, me emocioné tanto que ya no pude pensar en nada más.

En mi dormitorio, una muchacha triste, sentada con las piernas cruzadas sobre un suelo de baldosas, la vista baja, concentrada en un ángulo del lienzo, parecía condenada a leer eternamente la misma dedicatoria, «Para Jose, que es bella y benevolente». Al tumbarme en la cama me pregunté cuánto costaría ahora, en qué cifra habría incrementado su precio la muerte de su autor, y al intentar calcularlo, conseguí por fin echarme a llorar. Lloré a Marcos durante mucho tiempo, y cuando mis ojos se secaron, seguí llorándole por dentro. Creo que nunca podré dejar de hacerlo. Era el único de todos nosotros que había llegado, el único entre aquellos principiantes que estaba destinado a ser un pintor grande de verdad. Pero murió a destiempo, porque le costaba demasiado trabajo vivir.

2
El sexo

El tres es un número aparte.

Aquel lunes comenzó como cualquier otro. Enero estaba a punto de terminar, hacía mucho frío y la calefacción no funcionaba bien, pero eso también era habitual, ya estábamos curtidos, sabíamos sostener el pincel con los dedos helados, gobernar la insensibilidad de la piel aterida, las articulaciones tan sensibles como si los huesos estuvieran a punto de quebrarse al menor movimiento. Yo iba a clase con mitones, y me envolvía en un chal de lana grande y grueso como en una manta, para que Jaime hiciera chistes sobre mi aspecto, sólo te falta la buhardilla parisina, chica, qué barbaridad, qué duro es el camino del arte, pero él disfrutaba tanto como los demás de la temperatura del bar, una especie de sauna tropical donde la maligna caldera del edificio concentraba caprichosamente todo el calor. En días como aquél, las cañas de la salida se convertían casi en una obligación, un paréntesis de bienestar que equilibraba el frío supremo de las aulas y el apenas más tolerable de la calle. Y fue allí donde empezó todo.

–Podríamos irnos a comer por ahí, ¿no?

Jaime miró primero a Marcos y luego me miró a mí. Estábamos los tres juntos en el extremo de una mesa grande, pero había más gente, y no se me ocurrió pensar que su oferta estuviera restringida a nosotros dos, ni siquiera que debiera sentirme incluida, porque aquél era un plan inédito. Nunca habíamos comido juntos fuera de la facultad, después de clase.

–Don Aristóbulo me ha hecho ya la transferencia del mes –insistió–, con el regalo de Reyes de mi padrino incluido. Eso quiere decir que soy rico. Si os conformáis con una hamburguesa, puedo invitaros y todo...

Don Aristóbulo era el padre de Jaime, de otros tres hijos y de otras cuatro hijas, a las que de ninguna manera estaba dispuesto a pagarles una carrera en Madrid. Con los varones era más generoso, lo justo, porque Jaime nunca tenía un duro aunque era el más pequeño de los chicos. Eso no parecía importarle mucho, sabía buscarse la vida, seguramente no le había quedado más remedio que aprender, era el sexto de ocho hermanos y al mes escaso de llegar a Madrid ya había encontrado dos alumnos a los que dar clases particulares de dibujo técnico. Si jamás hablaba bien de su padre, y ni siquiera se refería a él sino anticipando el tratamiento a su nombre propio, como si fuera un extraño, era por otros motivos. Don Aristóbulo era juez, y durante muchos años había estado destinado en un Tribunal de Orden Público. El muy fascista disfrutaba, os lo juro, nos contó su hijo una vez. Y que había procesado a su hija mayor por actividades subversivas y la había mandado a la cárcel sin contemplaciones, para proclamar en público su integridad, su adhesión al Régimen. Jaime nunca se lo perdonó, aunque el desprecio que sentía hacia él no le impedía vivir a su costa.

–Bueno, ¿qué?, ¿vamos a comer o no?

–Vamos –Marcos contestó primero–. Por mí sí.

–Pero a ti no te invito, que conste, tú eres rico, cabrón... Invito sólo a Jose.

Así fue, y yo ni siquiera llegué a contestar que sí, porque no hizo falta.

–¿Has traído el coche? –me preguntó Jaime cuando salimos de la facultad–. Vale, pues vamos a Princesa, ¿no? Lo metes en el aparcamiento y así me quedo yo luego cerca de casa.

Estaba dirigiendo las operaciones, solía hacerlo, aunque yo aún no podía imaginar hasta qué extremos llegaría aquella tarde su capacidad de liderazgo. Cuando abrí el coche, un Ford Fiesta rojo de dos puertas con la carrocería muy aparente y el motor destrozado, porque lo había heredado de mi madre, una conductora tan pésima que la habían echado ya de un par de compañías de seguros, Marcos no vaciló en deslizarse al asiento de atrás, a pesar de que tenía las piernas mucho más largas que Jaime, que se sentó a mi lado con la misma naturalidad. Aquel detalle me hizo sonreír, pero no dije nada, entre otras cosas porque llevaba menos de un año conduciendo y esa tarea me absorbía por completo, sobre todo delante de testigos. Todavía no lo hacía mucho mejor que mi madre y el coche se ahogaba en todas las cuestas, pero llegamos a Princesa sin contratiempos. Lo del aparcamiento fue peor. La única plaza libre que encontré estaba en el tercer sótano, flanqueada por una camioneta tan grande que daba miedo y un Mercedes flamante que se había comido la mitad de la raya.

–¿Quieres que aparque yo? –me preguntó Jaime cuando el de atrás empezó a pitar antes de que yo hubiera decidido siquiera un ángulo de aproximación.

–Si no te importa...

Salí del coche y él ocupó mi lugar. Consiguió maniobrar en un espacio mínimo, enderezó un par de veces, y promedió el espacio libre por ambos lados con tanta precisión que él pudo salir del coche por la izquierda mientras Marcos lo hacía por la derecha, sin rozar siquiera la carrocería de nuestros vecinos.

–Debí figurármelo –le dije, cuando me devolvió la llave.

–¿Qué?

–Que conduces muy bien. Es el tipo de cosas que te pega hacer muy bien.

–Y no es la única, querida –Marcos se echó a reír mientras me cogía del brazo, para dirigirme a la salida de peatones–. Puedes estar segura de que no es la única...

En el Burger King no servían ninguna clase de alcohol, sólo cerveza. Después de escoger el menú más barato, porque, a pesar de sus protestas, no podía olvidar la tradicional penuria del hijo del juez, pedí una cocacola y él me miró de través.

–No me gusta la cerveza –me disculpé–. Lo siento.

–¿Ves? –objetó entonces–. Pues ésa es una cosa que a ti no te pega.

–Bueno, pero sólo me pasa con la cerveza... Quiero decir que el alcohol sí me gusta. El whisky, los cubatas, el coñac...

–Tú eres una tía estupenda, Jose –Marcos, que apenas había despegado los labios hasta entonces, habló en voz alta, sin titubear, sin detenerse a escoger las palabras, sin dejar de mirarme–. Eres guapa, eres lista, eres divertida, simpática, y tienes talento. Eres la mejor, aunque no te guste la cerveza.

–Claro –Jaime también me miró, pero con una expresión distinta, risueña, cargada de ironía–. Por eso te hemos invitado a comer. Nosotros también somos estupendos.

–Sí –aceptó Marcos, y los tres nos reímos juntos–. Esperadme un momento, voy al baño.

Se levantó y le miré, le seguí con la mirada hasta que se perdió por el pasillo del fondo, era tan guapo, tenía un cuerpo tan perfecto, tan armonioso, que no podía dejar de mirarle, de admirar el trapecio impecable de su espalda, la proporción de sus

53

piernas robustas y esbeltas a un tiempo, la delicada languidez de sus brazos. Desde que le conocí, le comparaba en secreto con todos los modelos que habían posado para mí desde que entré en la facultad y siempre concluía que me habría encantado dibujarle, pintarle con dos alas grandes, blancas, un escudo y una espada llameante, como un arcángel furioso e inocente, poderoso pero ignorante de su fuerza.

–¿Te gusta, eh?

La voz de Jaime me sobresaltó. Cuando giré la cabeza, lo encontré muy cerca de mí, inclinado sobre la mesa, con la barbilla apoyada en una mano y una intención malévola en los ojos. Medité durante un segundo mi respuesta. Era verdad que Marcos me gustaba, que me gustó desde que lo vi por primera vez. No era amor, no era dolor, no había sido un flechazo ni una luz deslumbrante, pero sí un sentimiento definido, una atracción física pura y sin embargo matizada, limitada al principio por sus silencios, esa cápsula impenetrable donde no cabía nadie más que él, y ensanchada más tarde por la admiración, por una envidia que era sólo admiración, conciencia de la clase de talento que a él le sobraba y yo no tenía. En todo caso, nunca me había parecido grave. No lo disimulaba, pero tampoco creía que se me notara. La astucia de Jaime activó un instinto elemental de autoprotección que me empujaba a contestar que no, pero lo que yo sentía por Marcos no era amor, ni dolor, y creí que no me jugaba nada, que no tenía nada que ganar ni perder en aquella respuesta, y fui sincera.

–Sí –admití–. Me gusta. Es muy guapo. Me encantaría pintarle.

Jaime se echó a reír ante el decoroso desarrollo de mi confesión.

–Y tú le gustas a él –añadió luego en un susurro, en un tono cuidadosamente confidencial–, pero como es tan tímido... Nunca sabría por dónde empezar. Por eso he decidido echarle una mano.

–¿Una mano? –en aquel momento no entendí nada. Llegaría a entender mucho menos antes de comprenderlo todo de golpe.

–Sí, verás... –se interrumpió al ver a Marcos, que acababa de reaparecer y venía derecho hacia nosotros–. Tú déjame a mí.

Pero entonces, ya no me acuerdo por qué, empezamos a hablar de De Kooning, y luego Jaime dijo que quería otra hamburguesa, y Marcos también repitió, y entre mordisco y mordisco nos dedicamos a criticar por una cosa o por otra a más de la mitad de nuestros compañeros de clase, y la conversación se hizo tan familiar, tan parecida a las que sosteníamos todos los días en el bar, que las palabras de Jaime, aquella afirmación sorprendente, a medio camino entre la promesa y la amenaza, fueron perdiendo relevancia poco a poco, hasta desinflarse como un globo pinchado. Cuando salimos de la hamburguesería, me parecía evidente que a continuación empezaríamos a despedirnos y que cada uno se marcharía a su casa, y sin embargo, él me cogió del brazo y se colgó de mí apenas pusimos los pies en la acera.

–Tengo en casa un chocolate de puta madre. Miki lo acaba de traer de Marruecos, y ayer, cuando recibí la transferencia de don Aristóbulo, me compré una botella de whisky, segoviano, pero whisky al fin y al cabo... Creo que hay hasta hielo en la nevera –miró primero a Marcos, luego me miró a mí–. ¿Tenéis algún plan mejor?

Jaime vivía muy cerca de la plaza de España, en una calle estrecha que desembocaba en la Cuesta de San Vicente. Su padre, que debía de tener motivos de sobra para no fiarse ni un pelo de él, habría preferido que se alojara en un colegio mayor, pero al factor disuasorio del precio se unió la oportunidad de una habitación libre en el piso de alquiler donde ya vivía el novio de una de sus hermanas. El chico era tan responsable, tan estudioso, que apenas llegó a convivir con Jaime un mes y medio, porque aprobó enseguida unas oposiciones y se sacó una plaza en Murcia. Su futuro cuñado lo reemplazó a toda prisa con uno de nuestros compañeros de la facultad, Joaquín, un escultor asturiano muy tranquilo que nunca se metía en nada. Ambos compartían el piso con su arrendatario original, Miki, un eterno estudiante de Derecho que se dedicaba a trapichear y dormía casi todas las noches en casa de su novia.

–Así que aquí estoy como Dios –resumió mientras me enseñaba la casa, un piso destartalado en un edificio con buena pinta, donde, naturalmente, él había conseguido quedarse con la habitación más grande–. Como convencí al camello de que a él le convenía más tener un armario empotrado...

El dormitorio de Jaime era exterior, hacía esquina y tenía dos balcones, pocos muebles y muchas cosas, organizadas según un patrón sorprendentemente estricto. Su dueño no limpiaba, pero era un maniático del orden. La cama estaba deshecha pero no había ropa por el suelo, los ceniceros estaban sucios pero no tenían colillas, los libros desbordaban los pequeños estantes de la pared pero las pilas que trepaban por los muros estaban ordenadas por temas y por autores. En un tablero muy grande, montado sobre dos caballetes, había un atril, varios montones de blocs de dibujo clasificados por tamaños, y una columna de tres cajas de cartón, cada una a su vez con tres cajones, de las que usan en los estancos para guardar los puros. Él guardaba allí los lápices, y tenía muchos, muchísimos, todos recién afilados, algunos ya tan consumidos que parecía imposible que pudiera manejarlos con sus dedos de labrador. Nunca había conocido a nadie que tuviera tantos lápices, ni un sacapuntas de esos industriales, con una manivela a un lado y una tuerca para fijarlo en la mesa. Los lienzos estaban apilados con cuidado, junto a un balcón orientado a levante, y al lado, sobre una mesa fabricada con el botín de un contenedor –el soporte de hierro de una vieja máquina de coser y un tablero de formica con la chapa levantada en las esquinas–, los tarros con pinceles, las brochas, el aguarrás, los disolventes, los botes y los tubos de pintura, formaban hileras alineadas a la perfección. Marcos, que ya conocía esa habitación, se acercó hasta allí, escogió un tubo de azul ultramar, 07, entre los que formaban como un ejército de soldados de plomo en la mitad derecha de la mesa, hizo como que lo miraba, y lo puso en el extremo izquierdo del tablero, entre los pinceles y el aguarrás. Jaime reaccionó enseguida.

–¡Qué pesadito eres, guapo!

Cogió el tubo con tanta urgencia como si se estuviera quemando, y lo colocó en su sitio, entre dos tubos de pintura azul del mismo fabricante, marcados respectivamente con el 04 y el 09.

–¿Has visto? –me dijo Marcos, cuando se cansó de reír–. Está loco.

Jaime estiró la cama de mala manera, la cubrió con la colcha y optó por fingir que no había oído nada.

–Esperadme aquí –dijo luego–. Voy a buscar vasos.

No tardó mucho en volver, y le bastó con dirigirnos una mirada desde la puerta para comprender la situación. Yo me había recostado en la cama, con los pies en el aire y la espalda apoyada en la almohada. Marcos estaba en la otra punta, sentado, tieso y hojeando una revista. Jaime se la quitó de los dedos y volvió a dejarla en la mesilla antes de acercar la única silla que poseía para sentarse delante de nosotros.

—Estaba equivocado —nos confesó—. No hay hielo.

—No importa —le consolé, y me dediqué a servir el whisky en los vasos mientras él empezaba a liar un canuto monumental. Eso también lo hacía bien, más que bien, de puta madre. Nunca he vuelto a fumar canutos como aquéllos. Cuando di la primera calada, me sentí igual que si acabara de empezar a pegarme con un boxeador profesional—. Joder...

—Está bien, ¿eh? —Jaime me sonrió, me miró como si pudiera volcar su sonrisa en el interior de mis ojos, apretarla con fuerza, mantenerla dentro de mí, y fumé otra vez antes de pasarle el canuto a Marcos—. Me parece a mí que tú eres una viciosa, Jose.

—No te metas con ella, tío... —Marcos fumó y se lo pasó a Jaime.

—No se está metiendo conmigo.

Jaime fumó y me lo pasó a mí, yo volví a fumar, y antes de soltarlo, volví a encontrar sus ojos dentro de los míos, y entonces, por primera vez, pensé que él también era guapo, a su propia manera tosca y terrosa, encontré un encanto extraño, profundo, en su forma de mirar, casi dulce, qué barbaridad, me dije, ya estoy colocada, entonces Marcos fumó, le pasó el canuto a Jaime, él no me perdió de vista ni siquiera entonces.

—Claro que no... —esperó a fumar para concluir la frase—, la estoy piropeando. Toma, acábatelo. Voy a liar otro.

El segundo le salió mejor que el primero. Yo empezaba a sentir el peso del humo, esa ingravidez nubosa que afloja la piel, que ablanda los músculos, que anula los dientes, las uñas de las manos, las plantas de los pies, fumaba y me reía, decía tonterías, las escuchaba, las repetía y las volvía a decir, pero en algún momento me di cuenta de que lo que estaba pasando aquella tarde, en el cuarto de Jaime, no era normal del todo. En aquella época yo era una consumidora frecuente, casi experimentada, de hachís. Había fumado muchas veces, en muchos corros, con mucha gente distinta, nunca un costo mejor que aquél, pero sí otros buenos, hasta muy buenos, sin sentir jamás nada parecido. Marcos, Jaime y yo fumábamos, bebíamos, nos reíamos, volvíamos a fumar, volvíamos a beber, seguíamos riéndonos, y al hacerlo, era como si estuviéramos aprendiendo a compartir algo, como si los tres aceptáramos al mismo tiempo un lazo mutuo, profundo e invisible que nos convertía al mismo tiempo en víctimas y deudores de una particular cualidad de la armonía, una sola persona con tres cuerpos, tres cabezas, tres pares de brazos y de piernas. Cada uno de nuestros movimientos, de nuestras palabras, de nuestros gestos, parecía sincronizado, calculado, integrado en una secuencia perfecta que no había llegado a tener un principio y jamás podría alcanzar un final. Los canutos no producen alucinaciones, yo lo sabía, y sin embargo sentía que nunca había estado sola, que nunca más podría volver a estarlo, porque la vida era solamente esto, fumar, y beber, y reírme con Jaime y con Marcos, desde siempre, para siempre. Estaba colocadísima, floja pero despierta, y sobre todo contenta, muy contenta. Cuando Jaime se levantó de la silla, y me miró con las cejas arqueadas, empecé a echarle de menos. No estaba muy segura de querer que se marchara, pero tampoco hice nada por impedirlo.

–Os voy a dejar solos un rato... Tengo que... Bueno –se rió, le contagió la carcajada a Marcos, y él me la pasó a mí–, tengo cosas que hacer.

La puerta se cerró y todavía no habíamos acabado de reírnos. Luego, Marcos me miró, me sonrió, y se abalanzó sobre mí. Qué bien, pensé, qué bien, mientras nos besábamos, y nos acariciábamos, y nos desnudábamos de la manera torpe, ineficaz y confusa que resultaba del colocón que ambos compartíamos, tardamos mucho tiempo en progresar, flotábamos, teníamos la cabeza llena de humo y nos hacíamos un lío con las mangas, con los botones, con las cremalleras, pero todo daba igual, qué bien, pensaba yo, pero qué bien, me gustaba tanto besar a Marcos, acariciarle, desnudarle, sentir sus labios, sus manos, sus dedos, todo su cuerpo contra el mío, qué bien... Hasta que resultó que no, que allí había algo que no iba nada bien. Y nunca en mi vida me he despejado tan deprisa.

No puedo decir que Marcos me decepcionara, porque era tan hermoso como yo esperaba, quizás más. Tenía la piel lisa, brillante, suavísima, sin granos, sin cicatrices, sin asperezas, las piernas largas y robustas, los músculos justos, ni enterrados ni demasiado relevantes, los brazos esbeltos, las manos alargadas, elegantes, finas como dos guantes, y nada más. Nada más. Mi amante era bello como un arcángel. Y exactamente igual de inofensivo.

Yo no tenía tanta experiencia con el sexo como con los canutos, y casi toda la que poseía se podía evaluar en términos de cantidad, porque calidad, la verdad, había habido muy poca. Sólo había tenido dos novios, uno a los diecisiete años, efímero, el otro a los dieciocho, éste sólo fugaz, y a los dos los había dejado yo. Los había escogido mal, era todo culpa mía, por eso tenía que seguir intentándolo, y eso era lo que hacía, acumular amantes de una noche, de dos tardes, de un fin de semana, nunca mucho más. A temporadas me angustiaba mi inconstancia, esa incapacidad para compartir una historia seria, intensa, verdadera, con cualquiera de esos chicos que parecían tan listos, tan divertidos, tan ingeniosos mientras permanecían apoyados en las barras de los bares, y que se quedaban en nada después, pero otras veces me traía sin cuidado. Cuando conocí a Marcos y a Jaime estaba en una de esas etapas de indiferencia sentimental en las que no necesitaba a nadie, sólo pintar y divertirme, y sin embargo aquella tarde fue distinto. Yo admiraba a Marcos, había fumado mucho, y en aquel momento, sentí que le quería. Le quería. Era tan grande, tan hermoso, y sin embargo tan pequeño de repente. Nunca me había pasado nada parecido, todos mis amantes triviales, tontos, insípidos, habían acatado la ley de mi desnudez con el mecanismo riguroso, automático, de sus cuerpos potentes y fáciles de olvidar, pero ellos no sabían pintar la tristeza, ni expresar sentimientos que no tienen nombre, ni resolver la luminosidad compacta de los cielos de un color imposible. Marcos sí, Marcos podía con todo, con todo menos conmigo, y estábamos juntos en una cama, los dos desnudos, nuestros vientres igual de lisos, su sexo arrugado y minúsculo al fondo, y yo no lo podía consentir, no podía tolerar su fracaso, la engañosa, apacible resignación de sus ojos, su sonrisa tibia y prefabricada, por eso lo intenté, hice todo lo que podía, todo lo que sabía hacer, y fue en vano.

–Déjalo, Jose... –su voz era suave, tranquila, amarga también–. Siempre me pasa lo mismo. No sé por qué, pero no puedo... Lo siento.

–¡Ah!

Eso fue todo lo que se me ocurrió decir, y por un momento fui consciente de lo imbécil que debía parecerle, pero luego pensé que no, que bastante mal debía de estar pasándolo él como para pensar en reprocharme nada, y sin embargo me hubiera gustado decir algo más, encontrar las mejores palabras para quitarle importancia a lo que había pasado, o para darle la importancia justa, ni siquiera sabía qué era mejor. Marcos tiró de mí, me empujó hasta que me tumbé en la cama, a su lado, me abrazó, me besó, me pidió perdón sin palabras, y entonces se abrió la puerta.

–¿Qué tal? –Jaime entró en la habitación, volvió a cerrarla y echó el cerrojo–. Fatal, ¿no? Me lo imaginaba...

Llegó hasta el borde de la cama, se quitó el cinturón, se desabrochó los pantalones y yo me dije a mí misma que todo era mentira, que aquello era imposible, una alucinación, un sueño, una película, porque no podía pasar lo que estaba pasando.

–No os preocupéis... –Jaime se desnudó, y ese simple movimiento incrementó el volumen del espacio que ocupaba su cuerpo en una proporción más que considerable–, que esto lo arreglo yo en un periquete.

Antes de terminar de hablar, ya se había metido en la cama por el lado libre. Antes de conseguir situar las dos piernas encima de la sábana, ya tenía la mano izquierda entre mis muslos. Antes de que se me ocurriera preguntarle qué estaba haciendo, su lengua estaba ya en mi boca. Antes de que pudiera creérmelo, ya había empezado a moverse contra mí, encima de mí, dentro de mí y a mi favor. El factor sorpresa era fundamental, me confesaría luego, y tenía razón, en una cama Jaime González siempre tenía razón. Porque antes de disponer de tiempo para asustarme, ya había descubierto que lo que estaba pasando me gustaba, y no podía discutir la opinión de mi cuerpo. Y cuando logré ponerme de acuerdo con él, todo volvió a ser tan bueno, tan divertido, tan especial como al principio.

Después, intenté sentirme culpable.

Cuando salí a la calle hacía mucho frío. La gente andaba deprisa, con las solapas de los abrigos levantadas, la nariz enrojecida por el viento, y sin embargo, algunos peatones se paraban a mirarme, porque yo caminaba despacio y me reía sola, sentía una euforia extraña, difícil de explicar, nos habíamos fumado otro canuto entre el primer polvo de Jaime y el segundo, Marcos no había podido pero estaba contento, los tres estábamos contentos, y no era sólo el hachís, no podía serlo, había algo más, algo distinto, diferente a todo lo que yo había probado antes. Hasta que llegué a casa. Y me encontré a mis padres viendo la televisión. Mi padre comentó que había habido un terremoto en Centroamérica, mi madre me pidió que le ayudara a poner la mesa, y entonces llegó mi hermano, y nos sentamos a cenar, y cada uno contó cómo le había ido, qué había hecho durante el día, y yo solté la bola que traía preparada, y mientras les explicaba que había estado aprendiendo a modelar con un amigo de la facultad que era escultor, y asturiano, muy buen chico, muy paciente, la película de las últimas horas que había vivido se instaló en mi cabeza sin pedir permiso, y me pregunté qué cara habría puesto cualquiera de ellos si me hubiera visto desnuda, borracha, drogada, y sobre todo desnuda, entre dos hombres desnudos, en una cama pequeña, y tan contenta. Mis padres eran de izquierdas, un matrimonio progresista, entre sus amigos había parejas de homosexuales, heterosexuales que nunca se habían casado y ya se habían separado varias veces, y hasta una madre soltera. Pero con lo mío no podrían. Lo mío había sido demasiado. Eso pensé, y el contraste entre la agitación de la cama de Jaime y la placidez de la cena familiar generó una burbuja que explotó de pronto, sin avisar. Esto ha sido una monstruosidad, pensé entonces, pero qué he hecho, me he vuelto loca o qué, qué horror, qué pasada...

Intenté sentirme culpable, pero no lo conseguí. Suponía que era lo que tocaba, lo que había que hacer, la reacción correcta, pero aquella noche, a solas en mi propia cama, me acuné a mí misma con recuerdos como ráfagas de una dulzura que desconocía hasta entonces. Era muy extraño, parecía imposible, difícil de creer, pero había sido así, fácil, divertido y sobre todo dulce. Marcos y Jaime no se habían tocado, ni siquiera se habían rozado, nunca lo harían, pero los dos se habían volcado sobre mí a la vez después de que nuestro anfitrión resolviera con brillantez nuestros problemas, porque eso además era verdad, que los había resuelto, que había estado brillante, que más allá de la sorpresa, de la astucia, del prodigioso oportunismo genial o carroñero, tal vez genial y carroñero al mismo tiempo, de su hazaña, Jaime nos había librado de la penosa tarea de levantarnos, vestirnos y abandonar juntos, sin hablar, una cama donde no había pasado nada. Gracias a él, lo que estaba destinado a ser un episodio desagradable y convencional se había convertido en un castillo de fuegos artificiales, una explosión que yo no podría olvidar jamás.

Jaime estaba a mi izquierda, y me besaba, Marcos estaba a mi derecha, y me besaba, yo besaba alternativamente a uno y a otro, y no hacía nada más, dejarme acariciar, mirarlos, dejar que me miraran, tienes unas tetas muy bonitas, Jose, me dijo Marcos, y Jaime le miró, se incorporó a medias apoyándose en un codo, me miró a mí, recorrió mi cuerpo con una mano abierta, no sólo las tetas, le advirtió, lo tiene todo bonito.

–¿Lo teníais planeado? –les pregunté entonces, y los dos se dejaron caer en la cama a la vez.

–¿Qué? –preguntó Jaime.

–Lo del trío.

–No –me contestó Marcos, para revelarme que yo misma podía llegar a ser mucho peor de lo que yo misma pensaba, porque ni esperaba esa respuesta ni la deseaba.

–Sí –dijo Jaime entonces, y me eché a reír.

–¿Tú lo tenías planeado, hijo de puta? –a Marcos no le gustó nada, en cambio.

–Bueno... Suponía que podía llegar a suceder.

–¿Has estado escuchando detrás de la puerta? –insistí, sin poder acabar de creer cómo me divertía todo aquello.

–E incluso la he abierto un poco para miraros. Marcos se levantó hasta quedarse sentado encima de la cama, como si estuviera a punto de marcharse, pero yo se lo impedí extendiendo el brazo, mientras Jaime seguía hablando.

–¿Qué pasa, tío? No es tan grave, ¿no? Ya habíamos hablado de esto, tú me lo habías contado, yo lo sabía...

–Pero lo que tú me habías dicho era que me convenía probar con tías distintas.

–¡Justo! ¿Y qué es lo que he hecho, a ver? Te he hecho un favor, Marcos, reconócelo, me he hecho un favor a mí mismo y otro a ti, de paso... ¿O es que no estamos bien ahora, los tres? Estamos de puta madre, ¿o no? Piensa un poco, tío... A lo mejor, ésta es la solución. Yo asumo la responsabilidad y tú te relajas. Si dejas de tener miedo a fracasar, y ya puedes dejar de tenerlo, porque yo, modestamente, no fracaso nunca, algún día se te empezará a poner tiesa, vamos, supongo...

–¿Y yo? –pregunté, porque de repente parecía que no pintaba nada, que se habían olvidado los dos de mí.

–Tú eres lo mejor de todo, Jose... –Jaime me

69

besó en el hombro, en el cuello, en los labios–, lo más importante. Porque me gustas mucho, más que a éste, pero sin él de por medio nunca te habrías acostado conmigo.

–Eso no lo sabes –protesté.

–Sí que lo sé, hace muchos años que lo sé. Por eso me gusta tener amigos guapos, para aprovechar sus sobras. Sí, soy un buitre, ¿y qué? No es culpa mía. A mí también me gustaría medir un metro noventa y parecer un efebo de Praxíteles, pero no he tenido tanta suerte... Eso sí, a cambio lo que me ha tocado en el reparto es una polla acojonante –y me miró–. ¿O no?

–Eres un gilipollas, Jaime –Marcos todavía estaba enfadado, pero cuando su amigo se echó a reír, rió con él, y conmigo–. A mí también me gustas mucho, Jose, mucho, muchísimo... Tanto como para haberme arriesgado contigo.

Su última frase me conmovió, tan sincero, tan indefenso y desdichado me pareció de repente. Por eso me volví hacia él, y le abracé, le besé como si estuviéramos los dos solos, pero no lo estábamos. Jaime apenas nos concedió un par de minutos de intimidad. Luego se aferró a mis pechos con las dos manos, se pegó completamente a mi cuerpo, y mientras me lamía el lado izquierdo del cuello, la nuca, el hombro, empecé a sentir su polla acojonante, porque era acojonante de verdad, con tanta precisión como si pudiera verla. Después de apretarse unas cuantas veces contra mí, como si pensara que yo pudiera necesitar alguna pista, me dio la vuelta y se me subió encima sin ninguna consideración hacia los intereses de su mejor amigo. Aquella vez mantuve los ojos abiertos. Por eso pude ver a Marcos, tumbado de lado y pegado a la pared para ocupar el menor sitio posible, y me pareció humillante, pensé que debía de estar pasándolo mal, esto es triste, me dije, tan triste... Me equivocaba. A Marcos le gustaba mirarnos y masturbarse mientras lo hacía, y no le importó que yo le mirara, que estudiara su polla, que no era gran cosa pero ahora rebasaba con holgura el tamaño de la mano que la acariciaba, él me miraba a mí, sonreía, parecía satisfecho y no podía ser, era imposible, pero acercó su cabeza a la mía y me besó en la boca, y yo le besé, besé una boca distinta de la boca del hombre que me poseía y a él no le importó, no hizo nada por evitarlo, y seguimos así hasta el final, hasta que noté un temblor pequeño, discreto, templado, en los labios de Marcos, un instante antes de que Jaime empezara a bufar, a resoplar como un toro furioso, la hostia, dijo luego, la hostia.

Al día siguiente era martes y cuando entré en clase no vi a ninguno de los dos. Marcos llegó el primero y dio un rodeo, saludando a unos y a otros, hasta que llegó a mi lado. Era más alto que yo. Me cogió por los hombros, apoyó mi cabeza en su pecho y me besó en el pelo, como se besa a los niños pequeños. Jaime llegó después y vino hacia mí directamente. Era más bajo que yo y me besó en los labios. A él no le importó que nos vieran y a mí tampoco. Aquel día no pasó nada más, pero el miércoles, al salir de la última clase, llovía, y nos quedamos mucho tiempo en el bar, Marcos a mi izquierda esta vez, Jaime a mi derecha, yo siempre en el centro. Joaquín, el compañero de piso de Jaime, se sentó con nosotros, y enseguida vinieron más, un par de chicas con las que yo hablaba mucho al principio del curso, y un chico al que conocía sólo de vista, y otros en los que ni siquiera me fijé, pero estuvimos los tres solos todo el tiempo. Marcos me cogió la mano por debajo de la mesa y Jaime empezó a contar burradas, la clase de historias disparatadas que le gustaban, como si allí no hubiera nadie más, como si hablara solamente para nosotros dos. No creo que nadie se diera cuenta, y sin embargo aquello también fue un principio, el primer episodio de una intimidad completa. El tres no era sólo un número, también era un nombre, y estábamos aprendiendo a pronunciarlo, a domar sus aristas, a corregir su acento, a dudar de su fama, su condición impar. El jueves, Jaime salió pitando de la facultad porque tenía que dar dos clases particulares por la tarde, pero el viernes, las miradas y las sonrisitas empezaron antes del mediodía.

—No —le dije, cuando le vi venir derecho hacia mí en un cambio de clase.

—¿Por qué?

—Porque no —y sin embargo se me escapó una risita tonta al final.

—¿Y por qué no? —él también sonreía.

–Pues porque no puede ser, Jaime, porque es una salvajada, porque... Porque no. Porque no es normal.

–Eso ya lo sé, pero es que nosotros no somos normales, Jose... –se acercó a mí, me cogió del brazo y me habló al oído–. Nosotros somos artistas, bohemios, semidioses, ¿no lo entiendes?

–¡Vete a la mierda! –pero me reía, estaba muerta de risa, Jaime también se reía, habíamos hecho tantos chistes, tantas bromas sobre eso de ser artistas, nos habíamos burlado tanto de los imbéciles que lo repetían a cada paso, y él los imitaba tan bien, aflautando la voz, apoyando la frente en el dedo índice con gesto de preocupación, que no podía dejar de reírme.

–Piensa en Marcos, Jose –insistió–. No lo hagas por mí, déjalo, yo soy un animal, soy de provincias, soy dibujante, no tengo derecho a nada... –entonces cambió de tono, su voz se oscureció, se hizo más grave, casi solemne–. Pero él te necesita, me necesita a mí y sobre todo a ti, y ahora estoy hablando en serio. Nunca se le ha puesto dura, ¿sabes?, con ninguna tía. Nunca ha llegado a acostarse dos veces con la misma, del miedo que le da hacer el ridículo dos veces seguidas. Eso es un problema. Y gordo. Y sólo lo puedes solucionar tú, porque no hay ninguna otra que nos guste a los dos.

No fui capaz de reaccionar deprisa. Jaime me miraba, tan concentrado, tan serio como nunca le había visto, y aunque no me acababa de fiar de él, de sus verdaderas intenciones, tuve el presentimiento de que no me estaba engañando. Estábamos en 1984, teníamos veinte años, el mundo todavía caminaba hacia delante, Madrid era el mundo y yo estaba en medio, dispuesta a tragármelo sin tomarme la molestia de masticar antes cada bocado. Diez años antes, aquella escena no habría podido suceder. Diez años después, habría sido igual de imposible. Pero estábamos en 1984 y teníamos veinte años, Madrid tenía veinte años, España tenía veinte años y todo estaba en su sitio, un pasado oscuro, un presente luminoso, y la flecha que señalaba en la dirección correcta hacia lo que entonces creíamos que sería el futuro. Aquél fue nuestro riesgo, y nuestro privilegio.

–¿Eso es verdad? –le pregunté de todas formas, como si necesitara asegurarme una coartada moral para lo que pudiera pasar.

–Es verdad, te lo juro, pregúntaselo a él... –Entonces el profesor abrió la puerta, nos saludó en voz alta, la gente empezó a moverse, a repartirse por el aula, Jaime volvió a acercarse a mí, me mordió en la oreja, susurró en mi oído–. Y además, tú lo estás deseando. Y yo también.

–No –pero sonreía.

–Sí –Jaime se dio la vuelta, empezó a andar hacia atrás, me miraba.

–No –repetí.

–No poco... –y los dos sabíamos que tenía razón. Lo estaba deseando. Habría dado cualquier cosa por sostener lo contrario ante mí misma, cualquier cosa por mentirme, por engañarme y regresar a mi vida anterior, sosa y tranquila, pero no podía, porque tampoco había podido pensar en otra cosa durante toda la semana. Allá donde mirara, los veía, y cada vez que los veía, estaban desnudos, y se apretaban contra mí, y me besaban, y los tres fumábamos, y bebíamos, y nos reíamos, y la vida era eso, y cualquier otra cosa era un simulacro inaceptable de la vida. No podía ser, pero así era, y al despertarme por las mañanas sentía un escalofrío de miedo y de placer que me sostenía durante todo el día, y al entrar en clase, temblaba por dentro hasta que me sonreían, primero uno, luego el otro, y volver a casa nunca me apetecía, y retrasaba el sueño para pensar en ellos, para disfrutar de mi confusión y de mi culpa, porque nunca había sentido nada parecido, nada comparable a esa clase de intimidad, de complicidad, de alegría. Era muy extraño, y sin embargo era así, y antes de acostarme con los dos a la vez, Marcos me gustaba y Jaime no, pero eso también había cambiado, porque seguían siendo dos personas distintas y habían empezado a ser una sola persona al mismo tiempo, un amante memorable, el más impotente y el más feroz, el más brusco y el más dulce, el más divertido y el más silencioso, el más intenso siempre de cuantos había conocido. Estaba hecha un lío, aún no sabía si felicitarme o compadecerme, si arrepentirme o tirarme sin paracaídas, no sabía qué hacer, dudaba, pero pensaba en ellos todo el tiempo y no era capaz de decidirme, de aclararme, de aceptar lo que me estaba pasando, pero lo deseaba. Lo estaba deseando, y por eso me asusté cuando los vi salir de clase juntos y deprisa, sin volverse para mirarme, y por eso sonreí cuando llegué al coche y los encontré esperándome, muy sonrientes ellos también y uno a cada lado.

–Muy bien –dejé el bolso encima del techo y les miré, primero a Jaime, luego a Marcos–. Os voy a preguntar una cosa, y más vale que me digáis la verdad, porque como me entere de que me habéis metido una bola, os mando a la mierda a los dos de una vez y para siempre, ¿está claro?

–Joder, qué miedo...

–Estoy hablando en serio, Jaime. A ver..., jurádmelo. –Los dos levantaron la mano derecha, como en las películas–. ¿Habéis hecho esto alguna vez con otras tías que yo conozca? Decidme la verdad. Necesito saberlo.

–No –dijo Marcos.

–Si ya te lo he dicho antes, Jose, por supuesto que no –Jaime fue mucho más locuaz, como de costumbre–, pero ¿con quién íbamos a hacerlo, a ver? Si son todas unas petardas. Mira a tu alrededor... ¿Cecilia? Sí, está bien, es lista, pero no tiene ni un cuarto de polvo. ¿Milagros? Está buena, desde luego, casi tan buena como tú, pero es una pija gilipollas, ya lo sabes. ¿Las demás? ¿Quiénes? María, Mabel, Inma... ¡Ah!, ¿pero eso son mujeres? ¡Por

76

Dios! Ni siquiera se enterarían de que les estábamos haciendo un favor porque se desmayarían sólo de pensarlo. ¿Pero por quién nos tomas? Ya te lo dijimos el otro día, antes de empezar, Jose, eres la única que está a nuestra altura, la única...

–Vale –entonces abrí el coche, Marcos entró primero, se sentó detrás, Jaime a mi lado, y ya ni siquiera se me ocurrió calcular cuál de los dos tenía las piernas más largas.

–¿Por qué necesitabas saberlo? –mi copiloto inmovilizó mi mano derecha sobre la palanca de cambios.

–Eso es asunto mío –respondí, porque no les podía contar la verdad, que había empezado a sentir celos de las demás, que no podía imaginarlos en la cama con otra sin ponerme furiosa, que me estaba pasando una cosa muy rara, y que por mucho que temiera lo que más deseaba, lo último que me merecía era acabar como un escandalito que va de boca en boca por las mesas de los bares–. ¿Qué, al Burger King?

–No –Marcos intervino desde atrás–. Vamos al chino de la plaza de España. Yo invito.

–¡Coño! –aprobé–. ¡Qué bien!

–¿Pero qué te habías creído? –Jaime se echó a reír–. Tienes un novio rico. Y otro pobre.

Aquella tarde todo nos salió mucho mejor, porque no hubo sorpresas, ni disimulos, ni angustia. Los tres sabíamos que no había ninguna posibilidad de que yo me asustara y saliera del dormitorio dando un portazo, los tres sabíamos que no debíamos esperar que Marcos lograra empalmarse, los tres sabíamos que no importaba, porque Jaime lo arreglaría todo en un periquete, o en dos, o en tres, lo que hiciera falta. Los tres descubrimos al mismo tiempo que él llevaba razón, otra vez, como casi siempre, porque asumió la responsabilidad desde el principio, y aunque nunca cedió la iniciativa, Marcos, que estaba mucho más relajado, tomó algunas por su cuenta en lugar de limitarse a mirarnos. Cuando llegamos a casa de Jaime nos tiramos directamente encima de la cama, sin copas, sin canutos, sin palabras. Me desnudaron antes de que pudiera darme cuenta, y entonces comprobé que las caricias a cuatro manos mejoran mucho la calidad de las miradas de cuatro ojos, tanto que intuí que antes o después tendría que contarles la verdad, mi verdad, no tan distinta de la de Marcos. Cuando los dos terminaron, uno conmigo, el otro por su cuenta, yo estaba todavía muy excitada, más de lo que recordaba haber estado jamás, pero Jaime también tomó la iniciativa de las confidencias.

–Una vez –dijo de repente, sin venir a cuento, mientras liaba el primer canuto de la tarde– me enrollé con un tío. Yo era muy pequeño, tenía trece años, y no sabía lo que era, prácticamente no me enteré de lo que estaba pasando. Fue en Peñíscola, en una zona un poco apartada del pueblo donde mis padres tienen una casa, era agosto, y yo me había enfadado con mis amigos, no me acuerdo por qué, y me había ido a la playa, solo. Eran casi las doce de la noche, no había nadie más por allí, y entonces se me acercó un tío, normal, con buena pinta, entonces me pareció mayor pero ahora creo que era joven todavía, tendría treinta y cinco años, no sé, a lo mejor ni eso. Se sentó a mi lado y empezamos a hablar. Me preguntó cómo me llamaba, qué hacía solo en la playa, tan tarde, dónde vivía, en fin, lo típico. Me cayó bien. Me contó que le encantaba bañarse desnudo aunque allí no se podía, pero que era estupendo estar desnudo encima de la arena, de noche, y me preguntó si no me apetecía probar. Nos metimos detrás de unas rocas, nos quitamos el bañador, nos tumbamos encima de la arena, y al rato vino y me la chupó. Nunca me lo habían hecho y me gustó mucho, de verdad, mucho, me dio igual que fuera un tío, era una cosa tan estupenda, de repente... Pero luego me empezó a sobar con la mano libre, y me asusté, y él no se dio cuenta, porque intentó darme por culo, me dio la vuelta, intentó metérmela y me hizo mucho daño y me puse a chillar. No, no, no, me dijo entonces, no pasa nada, no pasa nada, no te vayas... Volvió a ponerme boca arriba y siguió chupándomela hasta que me corrí. Fue la primera vez en mi vida que me corrí con alguien. Luego me levanté, me puse el bañador, me fui corriendo a mi casa y no volví a la playa de noche en todo el verano, pero la verdad es que me gustó... Me gustó, pero aprendí que no soy homosexual, porque no pensé en él, ni deseé encontrarme con otros como él, ni me dio por sentirme fatal, por disfrutar de estar fatal, por agobiarme y pensar, oh, oh, oh, qué horrible... Nada de eso. Me la había chupado, y me había corrido, y me había gustado, pero eso no me había cambiado, no había hecho que me pasara nada por dentro. Desde entonces, además de mirar las tetas y el culo de las tías con las que me cruzo por la calle, procuro fijarme también en sus labios. Y nada más –me alargó el canuto y un mechero–. Toma, enciéndelo.

–Yo no soy homosexual, Jaime –la voz de Marcos me sobresaltó.

–Yo no he dicho que lo seas.

–Sí, sí que lo dices –Marcos parecía enfadado–. Siempre estás con lo mismo, contando historias, haciendo chistes, hablando de tu hermana...

–Porque es verdad –Jaime también se enfadó–. Yo tengo una hermana lesbiana y es feliz. Antes no lo era, todos nos dábamos cuenta, hasta que se lanzó, ¿y qué?, no pasa nada, es mi hermana favorita, la única con la que me llevo bien. La quiero tanto que ni siquiera me gustan sus novias, todas me parecen poco para ella, soy peor en eso que mi madre con mi hermano mayor...

–Pero yo no soy homosexual.

–A lo mejor sí lo eres, y no lo sabes, y lo que te pasa...

–Jaime –le llamé y no me hizo caso, le puse una mano en el brazo y entonces me miró–. Jaime, si Marcos fuera homosexual, aunque no lo supiera, aunque no quisiera saberlo, no resistiría la tentación de estar con otro tío en una cama. Te miraría, te tocaría, yo qué sé... Y no lo hace. Lo sé porque me he fijado. Me fijé el otro día y hoy me he vuelto a fijar.

—Vale —Jaime hizo un ademán de apaciguamiento con las dos manos—. Vale, lo siento.

—No pasa nada —Marcos aceptó sin esfuerzo las disculpas—. Ojalá fuera sólo eso.

—Pero seguro que no es tan grave —volví a intervenir, a asumir el papel de pacificadora en el que llegaría a ser toda una especialista—. Seguro que eso le ha pasado a mucha gente, y tiene arreglo, seguro que...

—¿Tú los conoces, Jose? —me interrumpió—. ¿Conoces a alguien a quien le haya pasado lo mismo que a mí a los veinte años?

Negué con la cabeza, no tuve más remedio que hacerlo.

—Una vez intenté contárselo a mi padre —él siguió hablando, más tranquilo—. No lo veo mucho, se separó de mi madre cuando yo tenía tres años, pero me llama bastante, comemos juntos una vez a la semana, más o menos... Yo le quiero, le admiro mucho. Es raro, porque no me gusta como es, no nos parecemos nada, pero me da envidia. A veces pienso que me iría mejor si fuera como él, y le quiero, es mi padre, por eso intenté contárselo. No sabía por dónde empezar, así que le pregunté cómo había empezado él, a qué edad se había acostado por primera vez con una tía, si había tenido problemas al principio, todo eso... Y empezó a hablar como hablas tú, Jaime, igual que tú, que si él siempre había sido un tractor, un camión de cuatro ejes, un tren de largo recorrido... –primero hizo una mueca fúnebre con la boca y luego imitó el sonido de la risa–. Ja, ja, ja.

–El padre de Marcos es espía, ¿sabes? –me dijo Jaime entonces, para intentar cambiar de conversación, quitarse de encima el fardo de una culpa que no debería asumir, el pecado de tener una polla acojonante.

–¿Sí? –le pregunté yo, muy sorprendida–. ¿Pero no es español? Tú te apellidas Molina... ¿O es que...?

–No –Marcos intuyó lo que le iba a preguntar, y sonrió, y su sonrisa restableció el calor y la armonía, la verdadera naturaleza de aquella cama abarrotada–. Mi padre es español, y trabaja en la Inteligencia española. –Levanté la mano, estaba muy sorprendida, pero él volvió a anticipar su respuesta a mi curiosidad–. Todos los países tienen un Servicio de Inteligencia, Jose, incluso éste... Bueno, éste, y Honduras, y Nigeria, yo qué sé, todos... Mi padre estudió Derecho, luego Económicas, después se hizo diplomático. Era un cerebrín, destacaba mucho, así que le mandaron desde el principio a embajadas importantes. Y no sé cómo fue, porque nunca me lo ha contado, pero lo reclutaron enseguida, aunque era civil y la Inteligencia española dependía del Ejército. Como todo. Fue así como conoció a mi madre.

–Que es alemana –supuse, y otra vez supuse mal.

–No, es húngara. Su apellido es alemán pero ella es húngara, eso es bastante normal en los países del Este, los alemanes se han pasado la vida intentando conquistarlos. El bisabuelo de mi madre era austriaco, funcionario del Imperio. Austria y Hungría eran un solo país, a él le destinaron a Budapest, conoció a mi bisabuela y allí se quedó. A mi madre le pasó algo parecido. Salió pitando en el 56, porque su hermano mayor era un líder católico y un anticomunista feroz. Aquí les dieron asilo, por supuesto. Mi padre les recibió, les interrogó, les buscó una casa, un trabajo... Era su agente, y les visitaba de vez en cuando. Les ponía en contacto con otros asilados, se ocupaba de que no les faltara nada y recogía la información que mi tío hubiera podido conseguir. Era un hombre muy alto, muy guapo, y hablaba alemán. Mi madre se enamoró de él perdidamente, se casaron, nací yo, y cuando ella se cansó de que le pusiera los cuernos un día sí y otro también, se separaron.

–Es increíble –admití–. Y además, creo que nunca te había oído hablar tanto tiempo seguido.

Él se rió primero, Jaime un instante después, pero los dos tiraron de mí a la vez, en un movimiento perfectamente sincronizado, hasta que los tres nos tumbamos en la cama al mismo tiempo. Estábamos bastante colocados y Jaime empezó a pegarse a mí, a acariciarme, a besarme, aquél era el disparo de salida, el prólogo de un exceso que ya empezaba a resultarme natural, razonable, pero Marcos volvió a arrinconarse por su propia voluntad, se pegó a la pared, y pensé en su padre, en los tractores, en los camiones, en los trenes de largo recorrido. Creí que no me iba a atrever. Me parecía demasiado fuerte, demasiado íntimo, y lamentable, y vergonzoso incluso para contárselo a ellos, con los que estaba haciendo cosas que no había hecho jamás, con quienes sentía que sería muy fácil hacer cosas mucho peores, o tal vez mucho mejores, pero sobre todo mucho más raras. Igual meto la pata, me dije, seguro que meto la pata, a lo mejor se asustan, o se cansan, o se ríen de mí, pero tampoco podía seguir ocultándoselo después de escuchar a Marcos, no podía perseverar en la deslealtad, en el engaño, en el bando de los vencedores, un prestigio que no me correspondía. Estaba segura de que iba a meter la pata, y sin embargo, aquélla fue una de las decisiones más inteligentes que he tomado en mi vida.

–Un momento –dije, y me incorporé–. Yo también tengo que contaros algo.

–Luego –Jaime intentó tirar de mí, pero me resistí.

–No, luego no. Ahora.

Marcos se elevó sobre un codo, me miró, Jaime se sentó a mi lado, se giró hacia mí apoyando un pie en el suelo porque de otra forma no habría cabido, entonces yo volví a tumbarme, cerré los ojos, creí que no me iba a atrever pero lo hice muy deprisa.

–Yo no me corro.

–¿Qué? –lo preguntaron los dos a la vez.

–Que no me corro. Que no puedo correrme. No sé por qué. Me gusta follar, me excito, me parece agradable, placentero, pero al final no me corro. No puedo, no llego, no sé hacerlo.

–Pero... –Marcos parecía perplejo–. Tú... Si tú chillas y todo.

–Ya, pero porque lo he visto en las películas.

–Pero... –mi explicación no le había parecido suficiente–. Pero es que no lo entiendo. ¿Y por qué chillas entonces? Si a nosotros nos da igual...

–No sé... Para que estéis contentos conmigo, para que parezca que todo ha salido bien, para no echarlo todo a perder. Porque supongo que eso es lo normal, y... Yo qué sé. Lo hago siempre. No sólo con vosotros, lo he hecho con otros tíos. Siempre lo hago con los que me gustan. Porque..., no sé. Porque sería muy raro que me quedara callada.

–¡Joder! –Jaime tenía la cara tapada con las manos y cabeceaba, movía la cabeza a un lado y a otro–. ¡Joder, joder, joder! –entonces se levantó, dio un par de paseos por la habitación, se destapó la cara, se quedó quieto, nos miró–. ¡Pues sí que estamos bien, desde luego...! Sí que he tenido suerte con vosotros dos, la hostia, ni que os hubiera escogido aposta, vamos... O sea, que... ¿Pero qué he hecho yo para que me pase esto, joder? ¿Por qué tengo que tener tan mala suerte? Para una vez que consigo montarme algo divertido... ¡toma!, un impotente y una frígida. Pues de puta madre, pero de puta madre, o sea...

Entonces Marcos se echó a reír. Se rió con tantas ganas como los niños pequeños que no saben por qué se ríen, con toda la cara, con todo el cuerpo, con lágrimas de risa se reía, y así me reí yo, hasta que Jaime también se rió, no le quedó más remedio que reírse, porque todo era divertido, no debería serlo pero lo era, y él estaba muy gracioso, gesticulando como un loco en medio de la habitación, moviendo las manos sin parar, con una de esas erecciones brutales de las suyas.

–Muy bien –dijo por fin, y volvió a la cama–. Muy bien. Tengo que pensar en esto. Algo se me ocurrirá, porque desde luego a mí no me da igual, eso que quede claro, que no me da igual, pero de momento vamos a hacer dos cosas. La primera, comprar una cama grande. Necesitamos una cama grande más que comer. Yo, naturalmente, no tengo un duro, pero tú te podías enrollar, Marquitos. Y lo segundo que vamos a hacer es echar un polvo, ¿eh? Ahora echamos un polvo, tú al final chillas o no, lo que más te apetezca, pero ahora echamos un polvo y luego hablamos...

Una semana después, Marcos cumplió veintiún años. Lo celebramos cenando los tres juntos, en casa de Jaime. Yo hice la cena, ellos pusieron la mesa y la recogieron. Luego, estrenamos una cama de un metro y medio de ancho en la que Marcos había invertido buena parte del dinero que le pidió a su padre como regalo de cumpleaños. Dos semanas después, empecé a tomar la píldora. Un par de días más tarde, Jaime dejó a su novia. Cuando se acabó el curso, aquélla era ya la primera y la única historia seria, intensa, verdadera, que yo había tenido en mi vida.

3
El amor

El tres es un número par.

El verano de 1984 se me hizo insoportable. Hacía ya muchos años que no me divertía en el pueblo de Cuenca donde mis padres habían comprado una casa antes de que mi hermano aprendiera a andar, cuando eran medio hippies, y tenían otros amigos por el estilo, dispuestos a colonizar una aldea perdida cuyos habitantes habían emigrado ya, con la excepción de dos o tres ancianos que nunca entendieron del todo lo que se les venía encima. Ahora, las casas eran mucho más confortables que entonces. Los veraneantes habían costeado el tendido eléctrico y el alcantarillado, habían ajardinado eras y huertas, y habían hecho piscinas, caminos de grava, garajes, pistas de tenis, en un proceso que logró el milagro de recuperar levemente la población de un pueblo desahuciado. Aquel verano ya ni siquiera conocía a toda la gente con la que me cruzaba por la calle, pero esa novedad no modificaba en absoluto mi aburrimiento. Les echaba de menos. Les echaba tanto de menos que no toleraba la compañía de nadie más.

La primavera había sido larga, templada y bondadosa. A su amparo, lo extraordinario se fue convirtiendo en cotidiano, lo complicado se hizo sencillo, lo bueno empezó a ser mejor, y el tres un número par. El sol aún era tibio, benevolente, cuando Jaime, Marcos y yo perdimos la cuenta del tiempo que pasábamos juntos, y a partir de entonces sólo nos separábamos a la hora de irnos a dormir, si no podíamos quedarnos a dormir los tres en la misma cama. Eso sucedía muchos fines de semana, cuando mis padres se iban a Cuenca y yo me quedaba en Madrid, sola.

En aquella época, *sola* quería decir con ellos. Todos los días, al salir de clase, los tres nos montábamos en el Ford Fiesta y hacíamos el mismo camino. Ya no dejábamos el coche en el aparcamiento de Princesa porque nos salía demasiado caro, pero nos aprendimos los trucos del barrio de Jaime como si fuera el nuestro hasta que empezó a ser el nuestro de verdad, y casi siempre encontrábamos algún hueco sin dar muchas vueltas. Luego, hacíamos la comida, o más exactamente, yo mandaba a uno a la calle, a comprar lo que hiciera falta, y obligaba al otro a recoger la cocina, mientras hacía la comida. Después, me quedaba sentada, fumando, porque ellos quitaban la mesa, ésa era la regla. A veces, Joaquín, el asturiano, llegaba a tiempo para comer, y le invitábamos. Entonces, Jaime y Marcos ni siquiera me dejaban encender un cigarro. Antes de que terminara el postre, me levantaban de la silla y tiraban de mí hasta la cama, porque le tocaba recoger al invitado. Ésa era otra regla. Joaquín, callado y sonriente, la acataba sin rechistar, y no hacía preguntas sobre lo que sucedía más tarde, aunque supongo que lo sabía, tenía que saberlo. Follábamos mucho, todos los días, siempre después de comer, a veces también por la noche, antes de separarnos. Follábamos los tres juntos, a nuestra propia manera, al principio peculiar, incompleta y parcial, luego cada vez mejor, con más seguridad, más certezas, cuando una sucesión de pequeñas victorias fue allanando el camino del triunfo definitivo.

–No te pongas nerviosa, Jose –me decía Marcos, al que mi confesión había liberado mucho más que la solvencia sexual de Jaime–, sobre todo eso, no te pongas nerviosa. No tenemos prisa. Podemos estar aquí todo el tiempo que haga falta.

–Eso –protestaba Jaime–, tú dile eso... Total, a ti que más te da. Tú sí que tienes todo el tiempo del mundo, no te jode...

Y nos reíamos. Nos reíamos mucho, muchísimo, todos los días, dentro de la cama y fuera, porque también vivíamos juntos fuera de la cama, íbamos al cine, de compras, a dar una vuelta a media tarde sin más propósito que caminar por la ciudad, y a tomar copas por las noches en bares de aspecto poco recomendable, tugurios de la Malasaña histórica con la música muy alta, las paredes pintadas de negro, una fauna extraña de punkies y modernos en la pista, y alguna esquina oscura y despoblada donde los dos podían besarme a la vez, aplastarse contra mí, dejarse acariciar cada uno por una sola mano hasta que se hacía muy tarde, las cuatro de la mañana, las cinco, y todo el mundo estaba ya tan pasado, tan ciego, que ni siquiera levantaban una ceja cuando salíamos a bailar los tres, *para ti, que estás de morros esta noche,* Marcos detrás de mí, abrazando mi cintura desde atrás, *que descubres los secretos de tu cuerpo,* Jaime delante, rodeando mi cuello con sus brazos, *que sonrojas tu nariz casi queriendo,* y yo en medio, moviéndome con los dos, entre los dos, *que eres sombra, aprendiz de seductor,* al ritmo de esa canción dulce e ingenua, que era tan tonta, y era tan sabia, y era la nuestra. Nos divertíamos de día y de noche, y también trabajábamos juntos. Íbamos a comprar material, preparábamos los lienzos a la vez, pintábamos. Nuestra enorme cama nueva se había comido tanto espacio que el cuarto de Jaime ya no parecía ordenado. Había cada vez más objetos, no sólo suyos, también míos y de Marcos, en menos metros, y eso le desesperaba, pero cuando se llevó su mesa al salón, Miki protestó. Él nunca usaba aquella habitación, y Joaquín tampoco, porque tenía una televisión en su cuarto, pero ninguno de los dos estaba dispuesto a ceder ni un milímetro gratuitamente.

—He tenido una idea —nos dijo Jaime entonces—. Podríamos alquilar el salón de mi casa como estudio, entre los tres. Tiene bastante luz y es muy grande. Además, creo que nos saldría barato. Miki nos va a pedir la cuarta parte del alquiler, pero si le ofrecemos la quinta, seguro que acepta. ¿Qué os parece?

A mí me pareció una idea estupenda. Desde que me había liado con ellos, apenas pintaba, porque no estaba nunca en casa. A Marcos tenía que pasarle lo mismo que a mí, pero no se mostró tan convencido.

–¿Y el que no pille balcón? Porque sólo hay dos.

–También he pensado en eso. Podemos repartirnos los balcones. Contamos las semanas que quedan desde ahora hasta junio, dividimos entre tres y hacemos un turno rotatorio. Después del verano, seguimos donde nos hayamos quedado.

–¿Seguro? –Marcos aún dudaba.

–Seguro –Jaime le miró, me miró a mí luego–. Esto no es como tomar copas de gorra. Esto es serio, y si lo hacemos, me lo tomaré en serio.

Lo hizo. Desde marzo hasta junio, pagó escrupulosamente un tercio de la quinta parte del alquiler de su casa, y después los dos meses de vacaciones por adelantado, igual que Marcos, igual que yo. Aquel gasto no le hizo más pobre de lo que era, porque logró repercutirlo milagrosamente en la asignación de don Aristóbulo. También consiguió que el propietario del piso vaciara el salón, con la única excepción de un sofá muy grande y una mesa baja, y el día que nos instalamos, me lo encontré atornillando en la puerta un cerrojo que había comprado por su cuenta y que no se molestó en cobrarnos.

–¿Por qué has puesto eso? –le pregunté, mientras él cargaba con mis lienzos hasta el balcón que me habían adjudicado sin sorteo por ser la chica, sólo esta vez, me advirtieron.

–Pues porque sí –me contestó–. Porque si esto lo pagamos nosotros, sólo lo podemos usar nosotros. Tú no has vivido nunca en un piso de estudiantes, Jose, no sabes lo que es esto... La jungla, una lucha constante por sobrevivir.

Pero no tuvo que volver a invocar su experiencia para seguir imponiendo normas y sugiriendo ideas que Marcos y yo acatábamos casi siempre sin discutir. Por supuesto, se negó a compartir su mesa con nosotros. Me lo desordenaríais todo, nos dijo, me mezclaríais los colores, los pinceles, invadiríais mi espacio, y al final, no podría volver a encontrar nada nunca jamás.

–El sexo es el sexo y el arte es el arte –sentenció–. Así que ya sabéis..., a buscarse la vida.

Marcos y yo merodeamos por los contenedores del barrio un par de días hasta que dimos con una mesa de comedor, pesada, grande, antigua, de la que nos llevamos sólo el tablero. Luego, incapaces de encontrar otra cosa que la sostuviera, volvimos a por sus patas y la montamos contra una pared. Jaime protestó porque abultaba demasiado, pero no le hicimos caso. Yo tracé una raya con cinta de embalar para dividirla en dos mitades iguales, y a los dos días dejé de verla. Marcos y yo la habíamos cubierto completamente con botes, tubos y cajas, que usábamos los dos, indistintamente, sin pelearnos jamás y colaborando, siempre con éxito, cuando algo se perdía. A Jaime le exasperaban aquellos safaris, pero no le quedó más remedio que acostumbrarse, y entonces empezó la mejor época de mi vida.

Yo era muy feliz entonces, creo que los tres éramos muy felices. Aún no me hacía preguntas porque no necesitaba ninguna respuesta, no tenía tiempo para pensar ni deseaba encontrarlo. Las dudas, el miedo, la confusión de los primeros días, se habían escurrido entre las palabras y los besos, los colores y los lienzos, hasta evaporarse sin molestar, sin hacer ruido. El sexo es el sexo y el arte es el arte, y en nuestra historia había mucho de ambas cosas y muchas cosas más, deseo, lealtad, confianza, complicidad, dependencia, armonía, necesidad, seguridad, humor, y también amor, distintas clases de amor que circulaban en direcciones diferentes y convergían en una sola. Cuando estuve segura de eso, de que lo nuestro no había sido y nunca sería un exceso aislado del que presumir por las barras de los bares, mis prejuicios se desvanecieron. Aproveché el espacio que dejaron libre para extender una alfombra blanca y mullida donde reposar a solas, y a solas burlarme del desafío de los números imposibles. Ésa era toda la soledad, toda la reflexión que necesitaba.

Después, cuando el tres se vengó de nosotros con su indivisible crueldad de número impar, perdí el rastro de mis propios pasos y dejé de creer en mi propia historia. Después, cuando me quedé sola, confundí aquella rara armonía con un vulgar desorden, y aquel orden perfecto con la más turbia variedad del caos. Después, cuando no me quedó otro remedio que convertirme en una mujer como las demás, me dio vergüenza haber vivido así, sin hacerme preguntas, sin necesitar respuestas, siempre con un hombre a cada lado, dos bocas, dos cuerpos, dos sexos para una sola boca, un solo cuerpo, un solo sexo que era el mío. No podía soportar aquel recuerdo, eso fue lo que pasó después, y que el horizonte se estrechó, y el cielo se volvió un techo cuadrado, mi vida una sucesión de imágenes desenfocadas y torpes, como las estampas de un almanaque ilustrado por un mal pintor. Cuando éramos tres, el mundo era tan enorme que no podíamos abarcarlo con nuestras seis manos. Cuando volví a tener sólo dos manos, se había vuelto tan pequeño, tan insignificante, que se resbalaba entre mis dedos como una miga de pan, sin que yo alcanzara a comprender la razón de su tamaño. Por eso los traicioné, me traicioné con ellos, y quise confundir el riesgo con la arrogancia, la ambición con la locura, el placer con el vicio, el amor con el cálculo, la suerte con la desgracia. Eso fue lo que pasó después, porque los había perdido y no podía soportar el recuerdo de esa pérdida, lo desterré con mis propios recuerdos a un país oscuro y sucio donde nunca habíamos vivido juntos. Miré mi vida con los ojos de los otros y me inventé una vergüenza, un escándalo, una degradación que jamás existió. Porque los había perdido y el mundo no era más grande que una miga de pan entre mis dedos, esa falsedad me consoló en los largos días de mi pobreza. Pero más tarde recuperé la memoria, y con ella una luz limpia, clara, verdadera. Yo era muy feliz entonces, los tres éramos muy felices, y la vida una cama grande, un balcón soleado, el olor del aguarrás y de tres cuerpos sudorosos, el humo del hachís, el ruido de los besos, de la risa. A nadie le ha costado menos trabajo vivir que a nosotros entonces, cuando estábamos juntos, y juntos éramos alegría.

Nos pasábamos la vida hablando de nosotros mismos, analizando los problemas de Marcos, y los míos, comentando nuestros progresos, el suyo más lento, el mío inapreciable al principio y fulgurante, definitivo enseguida, cuando Jaime, a base de pensar y pensar después de hacerme encuestas minuciosas, exhaustivas, larguísimas, sobre mis gustos y mis hábitos, lo que me gustaba y lo que no, dio por fin con el procedimiento adecuado. Nunca olvidaré su cara la primera vez que me corrí, nunca olvidaré la cara de Marcos, la inmensidad de una sonrisa en un rostro marcado por el placer y por el esfuerzo, la inmensidad de otra sonrisa en un rostro más pálido, más neutro.

–¿Qué, está rico? –me preguntó Jaime luego, con el tono de un adulto que le acaba de regalar una chocolatina a un niño hambriento.

–Sí –admití–. Muy rico –le sonreí, y luego intenté sonreír a Marcos, pero él ya no nos miraba. Por eso le besé, hasta que le traje de vuelta a la mitad del mundo que le pertenecía.

Nos pasábamos la vida hablando de nosotros mismos, pero nunca comentábamos la extravagancia de nuestra relación, como si estuviéramos rodeados de parejas de tres, como si nuestro número fuera un detalle accidental, como si creyéramos que podríamos seguir viviendo así hasta el final. No nos exhibíamos descaradamente en público, pero tampoco nos ocultábamos, y ni una cosa ni la otra tenían demasiada relevancia porque muy pronto dejamos de relacionarnos con el resto de la humanidad. Éramos tres y teníamos de sobra, no necesitábamos a nadie más. Los demás solían darse cuenta, y si no lo lograban ellos solos, les dábamos algún que otro empujón.

–Oye, Jose... –Cecilia me llevó aparte en un cambio de clase–. El otro día estuvimos comentando... Esos dos amigos tuyos... son maricones, ¿no?

–No.

–¿Estás segura?

–Completamente.

–Ya, pues... –se quedó un momento congelada, calculando los riesgos–. El caso es que el otro día estaban hablando, y por lo que decían, me pareció que los dos se habían acostado con el mismo chi... –entonces me miró, recordó mi nombre, comprendió que acababa de meter la pata–. Nada, nada.

Me hubiera gustado preguntarle qué era lo que había escuchado, si se había fijado en el número de la primera persona que utilizaban, si habían hablado de aquel chico con amor, o con lascivia, o con el amor lascivo que yo habría preferido, pero me limité a sonreír desde la altura más elevada a la que fui capaz de propulsarme. Después, en el siguiente cambio de clase, puse la oreja a tiempo y me enteré de que aquella noche, era viernes, habían quedado en un bar de moda, caro, diseñado y muy bien iluminado, al que precisamente por eso nosotros no habíamos ido nunca. Sin embargo, esa noche me empeñé, y fuimos, yo pago las copas, insistí, y después de darle a cada uno la suya, me puse a circular por allí hasta que me encontré a casi toda la clase en una zona de baile. Marcos se quejaba, este sitio apesta, Jaime estaba de acuerdo, sí, la verdad es que sería imposible calcular el número de pijos por metro cuadrado que hay aquí, dejad de hacer el tonto, protesté yo, y besadme... Ellos me miraron como si no me hubieran entendido, pero yo les abracé a la vez, a uno con el brazo izquierdo, a otro con el derecho, y obedecieron por fin, me besaron durante mucho tiempo, repartiéndose equitativamente mi boca. Luego les conté la verdad.

–Cecilia me ha preguntado esta mañana si sois maricones –confesé–. Por lo visto, media facultad está convencida de que sí.

Entonces, invirtiendo el orden habitual, Marcos se echó a reír y Jaime se enfadó.

–¡Qué hijos de puta!

–Pero bueno... –Marcos le miró, sorprendido–. ¿Tú no te pasas la vida hablando de tu hermana?

–Mi hermana es mi hermana, y yo soy yo, y éstos son unos hijos de puta.

–Hala –yo di por buena la explicación–. Ya nos podemos ir.

–Ni hablar –Jaime no se movió–. Mejor nos quedamos...

Lo de aquella noche sí fue una exhibición, tan larga, tan consciente, tan salvaje, que nos emborrachamos sin darnos cuenta. Bebimos mucho, nos lo bebimos todo hasta que nos quedamos sin un duro, y entonces Marcos sacó una tarjeta de crédito y seguimos bebiendo, y cantando, y bailando, y besándonos, y metiéndonos mano en la barra, en la pista, por la calle, y en el taxi que nos llevó a casa.

–¿Por qué has hecho eso? –me preguntó Marcos mucho después, cuando ya estábamos agotados, tan rendidos que no éramos más que un triple eco del alcohol, un coro torpe de voces roncas, pastosas.

–Porque sí –le contesté sin medir mucho las palabras, en esa fase fértil de algunas borracheras que no se acaban de decantar entre la lucidez y el amodorramiento–. Porque sois mis novios. Porque se supone que estáis enamorados de mí, y yo estoy enamorada de vosotros. Porque no quiero que la gente piense que estáis liados, que os acostáis juntos y yo soy la tonta que os lleva y os trae en coche. Porque, para eso, prefiero que sepan la verdad, que los dos sois mis novios, que estamos enrollados los tres y que nos acostamos los tres juntos. Porque os quiero. Nunca os lo he dicho, pero os quiero mucho. A los dos. Mucho.

Creía que Jaime estaba dormido, pero me besó en la mejilla que le tocaba, siempre la izquierda, cuando terminé de hablar. Luego nos quedamos fritos, y por la mañana, que empezó hacia las dos de la tarde, todo sucedió igual que cualquier otro día. Desayunamos huevos fritos con tocino y Alka-seltzer, y estuvimos toda la tarde pintando mal, fatal, sin lograr arrebatarle a la resaca el control de los pinceles, de las brochas. Ninguno de los tres volvió a hablar de amor, ni ellos a dar señales de haberme escuchado, y sin embargo, poco después me alegré de haber cedido al impulso bobalicón y alcohólico de decirles la verdad.

En la casa de Jaime, que ya era nuestra casa, vivir era cada vez más fácil, porque nuestro número nos daba ventaja sobre la irresoluble dualidad de los pares. Éramos tres, los tres iguales, y eso implicaba mayorías absolutas de dos contra uno en los pequeños conflictos de todos los días, ir a cenar a un chino o a una pizzería, ver el fútbol o una película, salir a tomar copas o tomárnoslas en casa. Cuando las discusiones eran bilaterales, el tercero se convertía en un árbitro más o menos imparcial, que casi siempre era yo, y como al resolver tenía más en cuenta la alternancia de sus intereses que mi propia opinión, solía imponer mis criterios sin protestas. Otros problemas se resolvían solos.

–No te puedes quejar, Jaime –estábamos en la cama y llovía, ninguno tenía ganas de salir, de moverse de allí, era un sábado de abril, frío y desapacible como un lunes de noviembre–. Es verdad que te desordenamos la casa, en eso tienes razón, es verdad que te cogemos los botes sin avisar y no te los devolvemos, pero por otro lado... Marcos pone la pasta, yo pongo el coche, ¿y tú?

–Yo pongo la polla, no te jode... –la carcajada de Marcos fue instantánea, la mía brotó sola al escucharla, pero ni él ni yo volvimos a mencionar nunca el tema del dinero–. ¡Pues sí que ibais a llegar vosotros dos muy lejos sin mí!

Aquel risueño equilibrio, que desbarataba suspicacias y rencores antes de que llegaran a pesar sobre nuestras conciencias, era el responsable de que en la casa de mis padres, que en teoría seguía siendo mi casa, las cosas hubieran empezado a ponerse difíciles en la misma proporción. Ellos habían dado por sentado desde el principio que por fin había conseguido conservar un novio, y después de tantos intentos fallidos, ese logro pareció tranquilizarles, pero a finales de mayo, mi participación en la convivencia familiar había quedado reducida al desayuno, un trámite en el que no solía invertir más de diez minutos. Hacía ya meses que mi actitud tenía menos que ver con las etapas de un noviazgo que con las fases de una deserción sistemática. Primero, sólo me echaron de menos a mí. Después, me llevé los lienzos, los papeles, los cuadernos, todo mi material de trabajo, la mitad de mi estante del cuarto de baño, muchos libros, algunos cuadros, un montón de ropa, y hasta un ficus que llevaba años creciendo delante de la ventana de mi dormitorio y quedó mucho mejor en una esquina del estudio, mira, el toque femenino, dijo Marcos, Jaime le aplaudió entre carcajadas y los dos estuvieron riéndose un buen rato de mí, pero nunca se olvidaron de regarlo. Mi madre estaba cada vez más preocupada, y mi padre se dejó convencer sólo por no oírla. Cuando empezó a fingir que estaba muy preocupado él también, comprendí que ya no había escapatoria.

–Uno de vosotros tiene que venir el sábado a cenar a mi casa.

Lo solté una mañana, en el bar de la facultad, para quitarle importancia, y los dos volvieron a mirarme como si no hubieran entendido lo que acababa de decir. Yo habría dado cualquier cosa por no tener que repetirlo, me parecía espantoso obligarles a hacer algo así, admitir que ni siquiera una historia como la nuestra estaba a salvo de las tradiciones más indeseables. Habría preferido mantener incólume mi imagen de chica especial, capaz de vivir y de crecer alimentándose sólo de sexo y de arte, pero no me quedaba más remedio que invitar a uno de los dos a cenar aquel sábado en casa de mis padres, así que se lo conté todo, y ellos lo escucharon con mucha más tranquilidad de la que esperaba.

—Es el cumpleaños de mi madre —expliqué—, y da una fiesta todos los años, nada formal, todo el mundo de pie, circulando por la casa con su plato y su copa en la mano. Me ha dicho que lleve a mi novio. Tuve que decir que me había echado un novio porque hace cuatro meses que no me ven el pelo, ¿lo entendéis, no? Claro que podría alegar que le da corte ir, que mejor otro día, y eso, pero por un lado a mí me conviene, para que conozcan por fin a mi novio y me dejen en paz de una vez, y por otro, creo que es mucho mejor para el que venga aparecer en una fiesta como ésa que ir una noche a cenar sentado. Mis padres son muy progres, no os preocupéis. Os mirarán de arriba abajo, cotillearán todo lo que puedan pero procurarán que no se les note, y serán muy simpáticos, ya lo veréis... —entonces me di cuenta de que me había deslizado del singular al plural sin darme cuenta, y me corregí enseguida—. Bueno, lo verá el que venga... Podéis echarlo a los chinos.

—No —dijo Jaime—. Iré yo.

—Me lo imaginaba —sonreí—. Les he dicho que mi novio se llama Jaime.

Entonces Marcos me dirigió una mirada oscura,

dolida y hostil a un tiempo. No la esperaba, nunca me había mirado así, pero sentí que a mí me dolía más que a él.

—Es sólo un nombre —le dije.

—Pero es el suyo —me contestó.

—Ya, pero un solo novio no puede tener dos nombres —hice una pausa, busqué una salida, no la encontré con facilidad porque no había pensado en eso, no se me había ocurrido que pudiera sentarle mal—. Tú eres mucho más tímido, Marcos, yo pensé que preferirías no venir, no sé, me dio la impresión de que te parecería un embolado, de hecho, es un embolado... No me imaginé que pudiera apetecerte, porque ni siquiera me apetece a mí... Lo siento. Puedes venir tú, si quieres.

—No, no. Iré yo —Jaime reaccionó enseguida—. Me llevaré un par de lápices y haré una exhibición, para que tus padres estén contentos conmigo.

Los tres nos quedamos callados, estuvimos callados un rato muy largo. Marcos miraba hacia fuera, a la ventana, Jaime canturreaba llevando el compás con los dedos encima de la mesa, y yo intentaba dividir mi atención entre los dos, algo que nunca me había resultado difícil y ahora me parecía casi imposible, porque se habían separado, los tres nos habíamos separado, estábamos solos, sentados juntos, alrededor de una mesa pequeña, y sin embargo ya no éramos tres, sino uno, y una, y otro más. Les miré despacio, con cuidado. En aquella época no podía escoger entre ellos. Los dos eran mi novio, un solo novio con dos cuerpos, dos cabezas, dos clases de manías, dos sensibilidades distintas, y en el silencio pesado de esa mañana lo percibí con más nitidez que nunca antes. No podía prescindir de ninguno, los quería a los dos a la vez, los quería conmigo, todo el tiempo, y necesitaba que volviéramos a ser una sola cosa, igual que antes. La culpa era mía. Yo había roto el equilibrio, la armonía, sin querer, sin pretenderlo, pero la culpa era mía. La solución también se me ocurrió a mí.

–Vamos a hacer una cosa –dije, y Jaime me miró, Marcos no–. Venid los dos. Uno será mi novio, y el otro, un íntimo amigo mío y de mi novio. Mis padres no han dicho nada acerca de los amigos íntimos, estarán encantados, seguro. Así, si me da por hablar en plural, no meteré la pata. Y hasta podéis cambiaros el nombre, si queréis. Eso podría ser divertido.

–No –Marcos me miraba otra vez, y sonreía–. No hace falta. Yo seré el amigo íntimo.

El día de la fiesta tuve que quedarme en casa, ayudando a mi madre, pero la noche anterior hablé con ellos durante mucho tiempo, les di instrucciones, les sugerí cómo tendrían que ir vestidos, qué tendrían que decir para caerle bien a ella, a mi padre. Me temía lo peor, pero aunque no siguieron ninguno de mis consejos, lo hicieron todo muy bien. Llegaron sobrios y discretamente tarde, saludaron a todo el mundo como dos chicos bien educados, bebieron poco, intervinieron con cuidado en las conversaciones, Jaime me besó lo justo, Marcos sólo una vez, al entrar y en la mejilla. Muy pronto, me di cuenta de que había calculado mal. A los dos les divertía mucho aquella situación, que seguramente no les habría gustado nada si cualquiera de los dos hubiera sido mi único novio. Pero no era así, y la realidad convertía aquella encerrona incómoda y convencional en un puro teatro, una representación arriesgada, estimulante, un desafío social donde competir a base de juegos de palabras y dobles intenciones que se arruinaría al menor descuido. Cuando lo comprendí, me relajé, y empecé a disfrutar de la fiesta yo también.

—Pídele a Jaime que dibuje —le dije a mi madre en un momento en que las dos nos quedamos solas en la cocina—, ya verás. Es increíble.

Aquella noche empezó con una bailarina de Degas, y arrancó de sus espectadores, mucho más ingenuos, menos envidiosos y susceptibles que nuestros compañeros de la facultad, una ovación cerrada, salpicada de gritos, de silbidos. Por supuesto, nadie había visto nunca nada igual, y Jaime estaba feliz escuchándolo una y otra vez, dispuesto a atender peticiones durante todo el tiempo que hiciera falta.

—Necesito ir al baño —me dijo Marcos al oído mientras Jaime ofrecía una de sus Vírgenes de Rafael, concentrando todas las miradas—. Acompáñame.

Él levantó un momento la vista del papel cuando nos vio salir por la puerta del fondo, pero nadie más nos echó de menos. Supuse que estaba pensando que íbamos a fumarnos un canuto porque eso era lo que pensaba yo, pero cuando estuvimos dentro, Marcos echó el cerrojo, me aplastó contra la pared y me besó.

–Estás empalmado... –dije en el primer momento en el que pude disponer de mi boca para hablar, y lo repetí porque era una noticia asombrosa, fantástica, inmejorable–. ¡Estás empalmado!

–Sí –confirmó, sin darle mucha importancia, pero la tenía, porque nunca hasta aquella noche había logrado mantener una erección verdadera durante tanto tiempo, yo estaba acostumbrada a notar cómo se venía abajo al chocar conmigo, al apretarse contra mí, alguna vez había soportado el contacto con mi cuerpo en un estado semirrígido, mientras los tres estábamos en la cama, desnudos, pero lo de aquella noche era nuevo, milagrosamente vulgar, absolutamente normal, y definitivamente nuevo–. Vamos a hacerlo. Ahora mismo.

–¿Cómo que...? –pregunté, aturdida por tanta novedad–. ¿Y Jaime?

–A Jaime que le den por culo... –y me miró a los ojos, y nunca había visto en ellos tanta seguridad, tanta prisa, tanta angustia–. Ahora puedo hacerlo, Jose, sé que voy a poder, lo sé...

No duró ni dos minutos, quizás ni siquiera uno, pero duró, y fue emocionante. Al terminar, tenía los ojos turbios, parecía a punto de llorar, y sonreía. Yo también sonreí, y le mecí luego como a un niño pequeño, le abracé y le besé mientras pude, antes de calcular que llevábamos ya mucho tiempo encerrados, que teníamos que salir. Estaba muy orgullosa de él, y sin embargo, mientras abría la puerta y le guiaba por el pasillo hasta el salón, tuve dos intuiciones distintas, dos pensamientos sucesivos e igual de funestos. Yo deseaba que sucediera lo que acababa de pasar, lo deseaba de verdad y desde el principio, desde el principio había sufrido por Marcos, había sonreído sin ganas a sus sonrisas tristes de amante lateral y espectador, había envuelto con palabras pacíficas la violencia de su cuerpo mudo, condenado a la injusta terquedad del silencio, y había visto sufrir a Jaime, sabía que Jaime sufría por Marcos conmigo, que él también pensaba que todo lo que era bueno sería mejor cuando nos desprendiéramos de la culpa inocente de su inocencia estéril y forzosa. Yo deseaba que sucediera lo que acababa de pasar, y sin embargo, deseaba al mismo tiempo que nada cambiara, porque la ecuación perfecta de nuestros cuerpos impares, que era fragilísima y era sólida como una roca, nos había dado más de lo que habíamos tenido nunca, y eso también lo sabíamos, los tres lo sabíamos. Era difícil calibrar las ganancias y las pérdidas en una historia como la nuestra, eso pensé, eso temí mientras celebraba íntimamente lo que acababa de suceder, porque lo deseaba de verdad, desde el principio, y seguía deseándolo entonces, mientras el desequilibrio comenzaba a acecharnos desde el mismo co-

111

razón del equilibrio. Aquélla había sido nuestra primera infidelidad, pero eso no me afectó, no me conmovió tanto como la certeza de que no tenía importancia. Ésa fue mi segunda intuición, y era tal vez más importante, porque no necesité analizar lo que pensaba para comprender que si me hubiera acostado con Jaime sin contar con Marcos, me estaría sintiendo mucho peor, traidora de verdad, mala y mezquina. Debería haber pensado en eso, pero cuando volvimos al salón, Jaime nos miró, levantó las cejas, y la interrogación suspendida en sus ojos pesó sobre los míos como una condena grave, merecida.

–¿Qué tal? –le pregunté, intentando maquillar con la fingida naturalidad de las frases hechas unos nervios tan repentinos que ni siquiera me consintieron descubrir que no eran tales, que no eran más que miedo, miedo de que no comprendiera, de que no quisiera comprender, de que se enfadara con nosotros, conmigo. No me sentía culpable, estaba segura de que había hecho lo que tenía que hacer, no habría podido abandonar a Marcos, dejarle solo en un momento como aquél, y sin embargo, la mirada de Jaime me aterraba.

–¿Qué tal vosotros? –me preguntó él, sin tratar de disimular el recelo que brillaba en sus ojos y afilaba su voz–. ¿Dónde os habéis metido?

Entonces decidí que nos marchábamos. Busqué a Marcos, luego a mis padres, les expliqué que íbamos a tomarnos la última copa en la calle, y lo solté todo en el ascensor. Él escuchó en silencio, mirándome a los ojos. Marcos no dijo nada, ni siquiera levantó la vista del suelo, pero Jaime no parecía prestarle atención. Yo seguí hablando sola y sintiéndome cada vez peor mientras atravesamos el portal, hasta que llegamos a la calle. Allí, los tres nos quedamos de pie, quietos, debajo de una farola. Jaime todavía tardó unos instantes en reaccionar. Era lo último que se esperaba, y por eso se limitó a mirarme, siempre a los ojos y sólo a mí, con un gesto serio, concentrado.

–Estáis en deuda conmigo –dijo por fin–. Lo sabéis, ¿no?

–Sí –contesté yo.

Marcos se limitó a afirmar con la cabeza.

Entonces se echó a reír, se acercó a su amigo y le dio una palmada en la espalda.

–¡Machote! –gritó, y yo sentí que mi cuerpo se aflojaba de pronto, como si la inconcebible cantidad de gas que se agolpaba en mis venas, que estrujaba mis músculos, que rellenaba mis vísceras y hacía crecer en cada segundo una presión que estaba a punto de hacerme estallar, hubiera encontrado por su cuenta el camino de salida–. Estoy pensando que, a lo mejor, lo que pasa es que a ti te va el peligro...

Aquel episodio no había tenido importancia, yo lo sabía y Jaime también, aunque hubiera puesto tanto cuidado en torturarme antes de reconocerlo en voz alta. Nos pasábamos la vida hablando de nosotros mismos y él acababa de proponer una nueva teoría, así que volvimos muchas veces sobre la proeza del cuarto de baño, la desmenuzamos a conciencia, intentamos aprender de ella e hicimos muchas bromas, muchos chistes sobre el peligro, pero nadie volvió a pronunciar la palabra deuda. Yo me di cuenta, pero tampoco saqué conclusiones de lo que podría ser la generosidad de Jaime, o su soberbia. Debería haber comprendido que él tenía un poder sobre mí con el que ni siquiera yo contaba, pero me limité a concluir que, dejando a un lado las cosas sin importancia, como el dinero, él era quien más había sacado de aquella historia pero también quien más había puesto en ella, y ese balance le otorgaba una autoridad que ni Marcos ni yo podíamos disputarle. Con eso me conformé, y todo siguió siendo tan fácil, tan bueno como antes, como siempre. En aquel momento, aún no podía escoger entre los dos, no quería, no tenía tiempo para pensar, ni lo buscaba. Tampoco necesitaba hacerlo, porque ni siquiera nosotros éramos inmunes a las leyes de la normalidad, y según sus principios, el triunfo de Marcos no contaba del todo. Se repitió algunas veces, pero no sistemáticamente, hasta que llegaron las vacaciones, y sin embargo, y aunque lo celebráramos de una forma arrolladora, estruendosa, cada vez que pasaba, lo que yo sentía mientras estaba en la cama con él y con Jaime no cambió. También debería haber pensado en eso, pero no quería pensar. No podía. Durante el mes de junio, en mi cabeza sólo cabían la nostalgia anticipada y una futura variedad de la tristeza. No podía soportar la idea de separarme de ellos.

–No nos pongas los cuernos –la última noche, Jaime me lo pidió con el dedo levantado de las exigencias.

–No me los pongáis vosotros a mí –le respondí.

–Bueno, pero lo nuestro es distinto... Tú tienes dos hombres para ti sola, nosotros sólo tenemos media mujer para cada uno. Deberías comprenderlo.

Él se iba a Peñíscola. Marcos a la Costa Brava primero, con su padre, y a Mallorca después, con su madre. Yo, a un pueblo de Cuenca que cuando era niña había sido un paraíso y ahora prometía encarnar la versión más tediosa del infierno.

–Llamadme por teléfono, por favor... –les pedí al final, pasando por alto las consideraciones aritméticas de Jaime sobre la fidelidad–. Y escribidme. Aunque sean postales. Por favor.

Aquel verano se me hizo insoportable, largo como una cadena perpetua de días que no se terminaban nunca. Pensaba en ellos a todas horas y sabía que ellos, al menos, se acordaban de mí de vez en cuando. Marcos me escribía cartas, mucho más cortas que las que yo le devolvía, pero más largas que las postales de Jaime, tres o cuatro líneas que compensaba llamándome por teléfono casi todas las semanas. El 10 de agosto también me llamó. Al día siguiente iba a cumplir veintiún años, pero no se acordó de felicitarme.

—Mi hermana se va a Praga con su novia el viernes que viene —me dijo en cambio— y me deja su apartamento de Benicasim una semana entera. Marcos lleva cuatro días conmigo, aquí, en casa de mis viejos, porque se ha peleado con su madre o no sé qué... Estamos todo el rato hablando de ti, te echamos mucho de menos, y procuramos no mirar siquiera a las tías con las que nos cruzamos por la calle, pero es difícil, porque te advierto que la polla de Marcos ha terminado de resucitar, está hecho un animal, en serio... Total, que te cojas el coche y que te vengas.

—No sé si a mi madre le va a gustar...

—Pásamela.

Tres días más tarde me levanté a las seis de la mañana, desayuné sin hacer ruido, y salí al jardín. Hacía fresco, casi frío, la maleta estaba en el coche, el depósito lleno, mis padres convencidos de que iba a pasar una semana en la casa de mis futuros suegros. Recuerdo muy bien la emoción, la alegría que sentí al pisar el acelerador. Si ha habido alguna vez una mujer enamorada, ésa era yo. Si alguna vez he estado enamorada, fue entonces, el día que viajé desde la provincia de Cuenca hasta la de Castellón, conduciendo por carreteras secundarias con un Ford Fiesta rojo que se ahogaba en todas las cuestas y un corazón tan grande que no me cabía en el cuerpo.

Era demasiado amor. Demasiado grande, demasiado complicado, demasiado confuso, y arriesgado, y fecundo, y doloroso. Tanto como yo podía dar, más del que me convenía. Por eso se rompió. No se agotó, no se acabó, no se murió, sólo se rompió, se vino abajo como una torre demasiado alta, como una apuesta demasiado alta, como una esperanza demasiado alta.

En la playa, todo acabó empezando, todo empezó a acabarse, pero yo todavía no me di cuenta. Mientras iba a encontrarme con ellos sólo podía sentir que les quería un poco más en cada kilómetro, y después, todo fue tan fácil como siempre. Estábamos de vacaciones y nos acostábamos a las tantas, nos levantábamos a mediodía, íbamos a la playa por la tarde, tomábamos el sol, nos bañábamos, fumábamos canutos, comíamos poco, bebíamos mucho, follábamos más que nunca.

–Es rarísimo, pero cuando me fui a Gerona, me di cuenta de que eso, lo que fuera, se me había pasado. Dejé de veros y empecé a pensar en follar con Jose todo el tiempo, y hasta podía verlo, porque sabía que sí, que iba a poder, pero seguro, que siempre que quisiera podría, lo sabía... Cuando hemos empezado me ha dado un poco de miedo, pero enseguida me he acordado de que ya no me iba a volver a pasar, y no me ha pasado. Es muy raro, pero ha sido así.

–Nada, chaval –Jaime le dio una de sus tradicionales palmadas en la espalda–, que estás hecho un campeón...

Eso era verdad, y no lo era. Marcos había conseguido que su polla le obedeciera, y con eso ya tenía bastante. Le sobraban razones para estar eufórico, pero seguía siendo un amante más limitado que Jaime, menos voraz, menos entregado, y muchísimo menos habilidoso. Durante la semana que pasamos juntos en la playa, sospeché que siempre sería así, pero comprendí también que a él no le importaba. Nunca se había comparado con Jaime, y era demasiado inteligente para empeñarse en estrategias suicidas. Además, estaba muy ocupado aprendiendo a descubrir su propio ritmo, que era lento, suave, moderado, pero sumaba, aunque casi nunca llegaba a multiplicar por dos lo que sucedía cuando estábamos los tres juntos en una cama.

–No puedo más –les advertía algunas veces, sin embargo–, de verdad que no puedo más.

–Pero ¿qué dices? –me respondía Jaime entonces–. Tú no sabes lo que dices. Ramón y Cajal decía...

–Que el hombre es voluntad –yo completaba la

frase, que le había oído repetir docenas de veces mientras trataba de despertar a Marcos de su impotencia.

–Eso. Y la mujer no digamos... Espera un poco y verás.

Casi siempre tenía razón, y por eso yo le hacía más caso a Marcos, estaba más pendiente de él, le dedicaba más tiempo, más atención. Siempre había sido así, y a Jaime nunca le había importado, no pareció importarle ni siquiera entonces, cuando tuvo que empezar a compartirme definitivamente con Marcos. Era un amante muy generoso, y además, a él también le gustaba mirarnos, pero ese detalle no alteró las condiciones más profundas de nuestra relación, un pacto tácito y sutil que jamás habíamos llegado a enunciar en voz alta. Lo que teníamos Jaime y yo era más, y era distinto, eso había sido así desde el principio y ni siquiera los milagros tenían poder para cambiarlo. Nunca había necesitado decirlo, creo que ni siquiera lo había pensado hasta que me desperté aquella noche, ya de madrugada. Hacía tanto calor que no había conseguido dormirme del todo, sólo adormecerme a rachas, dando vueltas entre los dos sin encontrar nunca una buena postura. Aquella pequeña multitud, que daba resultados fabulosos en invierno y en un piso de estudiantes con mala calefacción, agravaba el bochorno de las noches de verano en un apartamento playero orientado al sur, sin aire acondicionado ni un pobre ventilador. Creí que eso era todo lo que pasaba, hasta que abrí los ojos y me encontré con los de Jaime, muy cerca de los míos, muy abiertos.

–A él le quieres más –me dijo en un susurro.

–No –contesté de una manera automática, sin pararme a pensar en lo que decía.

–Le quieres más –insistió.

–No –volví a decir, y ya estaba despierta del todo.

Entonces intenté recordar, reconstruir el origen de aquella sospecha que no me hacía dudar, que no sembraba en mí inquietud alguna, sólo extrañeza, y me vi como Jaime me había visto aquella misma noche, montada encima de Marcos, cabalgándole muy despacio. Había sucedido sólo unas horas antes y él parecía feliz, estaba tan contento, había sido un polvo largo y sereno, muy distinto de lo que habría sido con Jaime, desde fuera quizás podía parecer mejor, más delicado, más tierno, más placentero, pero desde dentro no era mejor, no lo era. Era peor. Al pensarlo me asusté, pero un segundo después ya me había acostumbrado a aquel escalofrío, la punzada de temor y de conocimiento que nunca me abandonaría, una promesa de dolor con la que llegaría a convivir durante mucho tiempo, hasta que se cumplió y lo quemó todo, lo arrasó todo, lo mató todo y me dejó con vida. Ese dolor estaba ya dentro de mí, y sin embargo, y aunque ni siquiera yo pudiera entenderlo, en aquel instante también pensaba en Marcos, sabía que le quería, y me dolía. Esto no va a acabar bien, pensé, pero Jaime me miraba con una angustia que nunca hasta entonces había visto en sus ojos, y cuando la contemplé, estuve segura.

—Te quiero más a ti —le dije, intentando que mi voz apenas se elevara sobre el sonido de la respiración de Marcos, que dormía de lado, a mi lado—. Te quiero más a ti, pero no se lo digas nunca.

Jaime cerró los ojos, volvió a abrirlos y eran distintos, más grandes, más oscuros que antes. Luego lo hizo todo muy bien, como él solía hacer las cosas. Me abrazó con fuerza, me encaramó sobre su cuerpo, se incorporó para obligarme a abrir las piernas, se dio la vuelta para quedarse sentado en el borde de la cama, y se levantó, llevándome en brazos, sin que Marcos se diera cuenta de nada. En la terraza había una tumbona con una colchoneta a rayas blancas y azules por la que nos pegábamos todos los días a la hora de la siesta, pero nadie iba a disputárnosla ahora. Jaime lo sabía, y sabía que aquélla iba a ser nuestra primera vez, después de tantas veces. Nunca podré olvidarlo, nunca olvidaré esa luz, la pureza blanca del amanecer nimbando su cabeza, iluminando mi memoria, mi conciencia, comprendí de repente muchas cosas, tantas como si el planeta hubiera decidido en ese instante adelantarse a sí mismo, girar un cuarto de vuelta, una vuelta completa en un segundo. Yo abrazaba a Jaime, me apretaba contra él como si más allá de la frontera de sus brazos sólo existiera el vacío, y sentía, recordaba, presentía lo mejor y lo peor. Era demasiado amor. Esto va a acabar muy mal, pensé un instante antes de dormirme, pegada a Jaime, mientras él me besaba sin cesar, en la frente, en las mejillas, en los labios, y ningún día, ninguna noche acabó jamás mejor que aquélla.

Me despertó un chirrido metálico, rítmico, desagradable, y un segundo después, la certeza de que era muy tarde. Cuando abrí los ojos, vi a Marcos, de pie, con el bañador puesto y los brazos cruzados, mirándonos.

–He bajado el toldo –nos informó en el tono seco, neutro, de un presentador de telediarios–. Algún vecino iba a llamar a la policía. Son las doce y media.

Jaime y yo estábamos desnudos, y éramos culpables. Yo, al menos, me sentía culpable, tanto como cuando era pequeña y mi madre me pillaba en una mentira, hurgando en la nevera o escuchando detrás de una puerta. La culpa era fría y húmeda, el desamparo crecía como un moho invisible debajo de mi piel, ardía en mi cara, y todavía era peor, mucho peor, porque yo lo sabía, lo había calculado, cuando aún no había sucedido ya presentía que esta vez todo sería distinto, más peligroso, más grave. Por eso me obligué a mirar a Marcos, afronté la dureza de sus ojos, traté de aplacarla con una sonrisa inútil, y me sentí traidora de verdad, mala y mezquina.

–Hacía mucho calor... –empecé a defenderme, sin saber muy bien por dónde iba a seguir.

–Sí. Hacía un calor espantoso –Jaime se levantó, cruzó la terraza, se metió en la casa, fue a la nevera, cogió una botella de agua fría, volvió a salir con ella en la mano, y no dejó de hablar en toda la operación–. Yo he dormido fatal, me despertaba cada dos por tres, y una de las veces he estado a punto de meterte mano, tío, porque Jose había desaparecido. Entonces me desperté del todo. ¿Dónde estará ésta?, pensé, y empecé a buscarla y me la encontré aquí, durmiendo en la tumbona, tan a gusto... Total, que al principio me tumbé encima de esa toalla –y señaló una toalla que estaba providencialmente tirada en un rincón hacia el que yo habría jurado que no había llegado a mirar en ningún momento–, pero el suelo estaba muy duro. Así que me tumbé encima de Jose, que es más blandita, hasta que me hizo sitio. Vuélvete a la cama, le he dicho, por si colaba, que estarás más cómoda, pero nada, no me ha hecho ni caso. Por cierto, Jose... ¿tú sabes que roncas?

–¿Yo? –protesté, menos sorprendida que maravillada por su talento, la formidable naturalidad con la que estaba mintiendo, una convicción capaz de arrastrar no sólo a Marcos, sino incluso a mí, por los vericuetos de una historia tan falsa como la última de sus afirmaciones–. Pero si yo no ronco.

–¡Anda que no! Igual que un oso hormiguero.

–¡El que roncas eres tú, tío! –Marcos se reía por fin–. Te lo hemos dicho muchas veces...

–Pero no es verdad. Lo que pasa es que siempre os ponéis en contra mía... –se tiró el agua que quedaba en la botella por la cabeza, se la repartió por el pelo, nos miró–. ¿A quién le toca hacer el café?

–A ti –le recordé, y fui a ducharme.

Cuando entré en la cocina, el café estaba hecho y una bolsa de madalenas por la mitad. Jaime y Marcos desayunaban frente a frente, los torsos desnudos, el pelo mojado y ninguna inquietud, ninguna sombra en la expresión parecida, casi familiar, que igualaba sus caras. Eran muy distintos pero en algunos momentos, y aquél era uno de ellos, habrían podido pasar por hermanos, y entonces me encantaba mirarlos. Lo hice también aquella mañana, mientras esperaba a que salieran mis tostadas. Ya nunca me atrevería a decirme que no podía escoger entre ellos, pero eso no impedía que siguiera queriéndolos como si fueran uno solo, queriéndolos como si fueran más que dos, los dos únicos hombres de la Tierra. El tostador de la hermana de Jaime era lento, y Marcos tan hermoso como un arcángel desarmado. Nunca me atrevería a decírselo, pero a partir de aquella mañana, de la noche de mi primera y definitiva traición, le miré con más ternura que antes, quizás porque intuí que él nunca lo soportaría, y yo tampoco. Le quería. Eso lo sabía muy bien, y me bastaba. Me bastaría mientras Jaime quisiera, y enseguida dejó claro que él también quería.

–Bueno, Marcos, yo creo que deberíamos contarle a Jose lo de la suiza... –dijo cuando me senté con ellos, como si pudiera leerme el pensamiento–. Se lo debemos.

—¿Qué suiza? —pregunté, con la dócil curiosidad que él había previsto.

—¡Joder, Jaime! —Marcos le tiró la servilleta a la cara—. ¡Qué bocazas eres, tío!

—Dos días antes de que vinieras, nos enrollamos con una suiza —Jaime me miró, hizo un movimiento cómplice con los dedos, y yo le entendí, le entendí y se lo agradecí, y sentí que mi vida no podría estar jamás en un lugar mejor que entre sus manos—, los dos a la vez... Fue de precalentamiento, ¿no?, para que éste se probara a sí mismo, porque estaba un poco inquieto con lo de su polla, y eso... —no debería reírme, pensé mientras me reía, y Marcos pensaría algo parecido, pero sus labios comenzaron a curvarse—. Lo hizo todo él solito, ¿eh?, no te vayas a creer. A mí la tía no me gustaba mucho, tenía espaldas de bombero, en serio, era enorme, pero como éste habla alemán, pues se la enrolló en un bar, y... Total, que yo te fui prácticamente fiel, pero aquí, el tigre de Bellas Artes, no veas...

—No es verdad —Marcos protestó—. Tú follaste lo mismo que yo.

—Pero con muchas menos ganas... —Jaime me miró, yo me eché a reír, miré a Marcos, vi que se reía—. Eso también cuenta.

—A mí tampoco me gustaba mucho —Marcos me cogió una mano, me besó en la palma, la apoyó en su cara—. En serio.

Yo hice una pausa larga antes de absolverlos. Marcos no me soltó la mano y yo la apreté un momento contra su mejilla, pero me volví hacia Jaime, le miré, intenté darle las gracias sin palabras, gracias por aclarar que todos estamos en paz aunque tú y yo sepamos que no es verdad, gracias por cargar a Marcos con una culpa que es más mía que tuya, gracias por pensar más que yo, más deprisa que yo, mejor que yo.

–Os voy a perdonar –dije por fin–. No debería, porque yo en Cuenca he sido buenísima, más que eso, toda una monja, pero os voy a perdonar aunque no os lo merezcáis.

Luego, Marcos bajó a comprar el periódico. Jaime, que se había puesto a fregar las tazas sin que nadie le dijera nada, esperó a que la puerta se cerrara antes de acercarse a mí. Se colocó justo detrás del respaldo de mi silla, apoyó sus manos en mis hombros, acercó su cabeza a la mía, y aunque nadie más podía escucharnos, me habló al oído.

–Lo de anoche no se lo vamos a contar, ¿verdad?

–No –confirmé–. Nunca.

–Te quiero, Jose.

–Y yo te quiero a ti.

El resto del día fue igual al anterior, como el día siguiente sería igual que aquél. Y sin embargo, aunque yo no me atreviera a definir lo que había empezado entre Jaime y yo, aunque intuyera que nunca hallaría una palabra capaz de nombrar con precisión esa alianza, el secreto de aquella noche actuó como un bisturí capaz de rasgar mi vida por la mitad, de partirme en dos mujeres a las que cada vez les costaría más trabajo aparentar que eran una sola. Les quería a los dos, pero estaba enamorada de Jaime y lo sabía, y sabía también que no podía ser, que sin Marcos nunca sería. La intrincada red de traiciones y lealtades, de verdades enteras y mentiras a medias, en la que moriríamos asfixiados, atrapados como tres moscas en una telaraña, empezó a tejerse muy despacio. Tardamos mucho tiempo en advertir sus hilos, una tensión que limitaba nuestros movimientos, que sembraba silencios de más en las palabras y palabras de más en los silencios, que edificaba cordilleras de dificultad en lo que antes era fácil, y secaba la libertad sin la que nada habría comenzado. Tardamos mucho tiempo en darnos cuenta, porque todo, o casi todo, siguió aparentando ser igual después del verano.

–¿Ése es mi sitio? –pregunté cuando volvimos a casa, a la casa de Jaime que era nuestra casa.

–Sí –él me miró, me sonrió–. Te regalo mi balcón esta semana, pero no te acostumbres.

Marcos no registraba estas señales, y si lo hacía, no les daba importancia. Él siempre había sido muy caballeroso conmigo. Quizás pensaba que ya era hora de que Jaime siguiera su ejemplo o quizás estaba demasiado ocupado estudiándose a sí mismo como para prestar atención a las pequeñas cosas que sucedían en el exterior. Estaba cambiando muy deprisa, yo lo noté, me di cuenta enseguida, cuando volvió a Madrid ya no era el mismo del curso anterior, el que había ido y había vuelto de la playa.

Nunca había hablado mucho, pero ahora hablaba todavía menos. Pasaba horas enteras ensimismado, sin despegar los labios, sentado en el sofá del estudio, mirando al techo o leyendo, y cambiaba continuamente de humor. A veces parecía muy triste, aunque intentara disimularlo, y otras, sin embargo, daba la impresión de estar contento, y más que eso, satisfecho, complacido en su quietud, en sus silencios. Pero nunca, ni en sus buenos momentos, ni en los malos, nos contaba nada. Tampoco pintaba.

Eso era lo más raro, lo más extraño de todo. Siempre habíamos trabajado más o menos al mismo ritmo, pero aquel otoño, Marcos se quedó descolgado. No tengo ganas, decía, no se me ocurre nada, no me apetece. Yo, que ya había perdido la fe, no lo habría soportado. Yo tenía que pintar todos los días para no pensar, para no saber, para seguir pintando, pero a él le daba igual, la inactividad no le angustiaba, no le impacientaba, no le daba miedo. Se me pasará, decía, seguro, no es nada, me ha ocurrido otras veces, muchas otras veces. Jaime le hacía muchas preguntas, yo le preguntaba menos porque no quería agobiarle, pero los dos obteníamos siempre la misma respuesta, la misma sonrisa a medias, una sola negativa blanda y hermética, no me pasa nada, no es nada, en serio. Hasta que aquel misterio se convirtió en otra cuestión de fe. No entendíamos a Marcos, pero nos acostumbramos a creerle, no nos quedaba más remedio que creer que lo que nos decía era verdad porque también creíamos conocerle a él. En aquella época, aún estábamos seguros de que los tres nos conocíamos muy bien, y además, aunque pareciera toda una crisis, aunque en cualquier otro lo hubiera sido, nosotros también éramos pintores, y por eso sabíamos que Marcos estaba tranquilo. No miraba lo que había pintado antes, no se pateaba los museos que conocía de memoria, no se precipitaba a ver las exposiciones recién inauguradas, no estaba pendiente de lo que pintábamos los demás, no dibujaba, no hacía bocetos, no empezaba cuadros que no iba a ser capaz de acabar, no planeaba viajes a países extraños, no caminaba por las calles durante horas y horas, buscando desesperadamente una imagen que le sacara del agujero donde estaba metido, no hacía ninguna de esas tonterías que hacen los pintores que están en crisis. Jaime y yo lo sabíamos, porque las habíamos hecho alguna vez, y se las habíamos visto hacer a él. A cambio, empezó a tener manías raras, como inventarse personajes de cómic, que era algo que nunca nos había interesado, ir a la Filmoteca a ver cine mudo, o pedirme que le enseñara a cocinar. Lo hice, y aprendió deprisa, y nos divertimos mucho en la cocina, pero ni siquiera en esos momentos, cuando estábamos los dos solos y él concentrado en algunas actividades tan elementales como cortar una cebolla en pedacitos, logré averiguar lo que le pasaba. Estaba esperando, solamente eso, no hacía otra cosa que esperar, pero yo no lo entendí, no conseguí ver tan lejos. Pensé más bien que su metamorfosis tenía que ver con el sexo, con el placer que produce la interrupción repentina de un dolor crónico, o el asombro de un vaso que siempre ha estado boca abajo cuando se encuentra de repente boca arriba en una mesa.

Pensaba mucho en eso, era importante, porque la impotencia de Marcos no había sido sólo desesperación para él y un hallazgo para Jaime. También había sido mi coartada suprema, la única razón capaz de sostenerme en los primeros, extraños, culpables días de aquel amor demasiado grande. Recordaba a menudo aquel discurso, no lo hagas por mí, hazlo por él, él te necesita, y concluía que era verdad. Había sido verdad, los tres lo sabíamos, aunque Jaime hubiera usado ese argumento a su favor, aunque yo lo hubiera utilizado para enmascarar ante mí misma el deseo oscuro e incontrolable de compartir una sola cama con dos hombres distintos, aunque él jamás se hubiera rebajado a formularlo en esos términos, Marcos nos necesitaba. Antes era verdad, ya no lo era.

–Voy a poner una academia –decía Jaime de vez en cuando–. Lo arreglo todo, frigidez, impotencia... Clases teóricas y prácticas, precios populares.

Ni a Marcos ni a mí nos molestaban esas bromas, al contrario, nos reíamos tanto como antes, pero las cosas estaban cambiando. Jaime fue quien lo comprendió más deprisa, y mejor. Durante el curso anterior, de vez en cuando nos habíamos ido a la cama los dos solos, mientras Marcos estaba por allí, leyendo, dibujando, o mirándonos, sin animarse a intervenir o haciéndolo al final, de la manera sigilosa, lateral, a la que ya estábamos acostumbrados. Nunca había sucedido lo contrario, aunque él lo intentó una vez, muy al principio, cuando aún salíamos de marcha con otra gente. Estábamos en un bar abarrotado, ruidoso, Jaime tenía novia todavía y la había llevado con él, Marcos se me acercó, me contó que aquella noche su madre no iba a dormir en casa, vámonos, me dijo, y yo ni siquiera se lo consulté, me fui derecha a hablar con Jaime y se lo dije, Marcos está solo en su casa, podemos irnos a dormir allí, él se volvió hacia su novia, voy a acompañar a Jose, le dijo, tenemos que llevar a Marcos a su casa porque está muy borracho, mañana te llamo, ella levantó mucho las cejas, no se creyó una palabra, y nos fuimos. A mí se me había olvidado. A Jaime no.

–Vámonos a la cama –Marcos me tendió el último plato para que lo secara. Acabábamos de terminar de comer, ya estábamos en noviembre, hacía frío, Jaime se estaba poniendo el abrigo para ir a dar una clase particular.

–Vestidos –dijo Jaime.

Yo le sonreí, porque había dado aquel detalle por descontado, pero Marcos se le quedó mirando con la barbilla más levantada de lo normal.

–¿Y por qué? –le preguntó después–. Tú lo has hecho sin mí cientos de veces.

–Pero tú estabas.

–Pero era como si no estuviera.

–Pero estabas –se abrochó el último botón del abrigo, cogió la carpeta, se puso serio–. Yo no estaba en el cuarto de baño de la casa de Jose, Marcos. Y antes ya habías intentado hacerlo una vez. No vuelvas a intentarlo.

No dijo nada más, ni siquiera adiós, y un frío súbito, desconocido hasta entonces, entró en casa por la puerta que él había cerrado. Marcos estaba sentado en una silla de la cocina, estudiando el dibujo del mantel como si no lo hubiera visto en su vida, y yo no sabía cómo acercarme a él. Me sentía extraña, cerca de un extraño, nunca me había pasado nada parecido. Habría querido besarle, abrazarle como antes, como cuando lo consolaba por no poder compartir otra cosa conmigo, y de repente no sabía empezar, ir hacia él, tocarle. Estábamos perdiendo la inocencia, la pureza que había hecho posible todo lo que había sucedido entre los tres. El mismo amor que nos hacía leales, que nos hacía mejores, lo estaba echando todo a perder. Lo complicado había sido fácil, lo sencillo iba a ser muy difícil, porque vivíamos en un laberinto de paradojas y habíamos perdido la brújula. No sabíamos orientarnos, cada vez nos parecíamos menos a nosotros mismos, seguíamos queriéndonos, eso sí, nos queríamos más que antes, más que nunca, pero no nos servía de nada. Me senté enfrente de Marcos y después de mucho tiempo volví a pensar que la vida, mi vida, era muy rara, que me pasaban cosas que no podían ser, que eran imposibles y sin embargo eran así. Estábamos perdiendo la inocencia y él era el menos culpable de los tres, pero eso tampoco podría decírselo nunca.

—¿Nos vamos a dormir la siesta? —le pregunté después de un rato, casi con miedo.

—Tú estás de su parte, ¿verdad?

—Yo creo que tiene razón.

Ni siquiera me miró. Cogió su tabaco, se lo metió en el bolsillo, se fue al estudio y echó el cerrojo. Esperé media hora y luego fui a buscarle, llamé a la puerta, le pedí que me dejara entrar, se lo rogué, se lo supliqué, le expliqué que quería hablar con él, que necesitaba hacerlo, usé todas las palabras que conocía y él no invirtió una sola sílaba en contestarme. Cuando Jaime volvió, se había ido ya, sin despedirse.

—¿Se ha cabreado? —me preguntó mientras nos metíamos en la cama, y yo asentí con la cabeza—. Que se joda.

Marcos era el menos culpable de los tres, pero nosotros tampoco teníamos la culpa, aunque nos besáramos a escondidas, aunque conspiráramos sin palabras, aunque aprovecháramos la menor ocasión para acostarnos juntos, solos, y hubiéramos aprendido a estar solos y juntos cuando estábamos con él, follando a su lado como si no estuviera. No era culpa nuestra porque no podíamos evitarlo, porque intentábamos ser leales con él, porque lo éramos, porque los dos sabíamos que nunca seríamos capaces de dejarle tirado, que no sobreviviríamos a una traición que acabaría con nosotros después de aniquilarle, porque Marcos era el más débil de los tres, y ninguna venganza es más temible que la ruina de los débiles. Yo lo sabía, Jaime lo sabía, y los dos sabíamos que el otro lo sabía, y por eso, sin haberlo hablado nunca, sin habernos puesto nunca de acuerdo, ambos nos empeñábamos en prolongar a cualquier precio la vida de aquel trío que cada día lo era menos y más un triángulo, una figura irregular, descompensada y frágil, más sencilla, más corriente, pero mucho más difícil a la vez.

–Vamos a vestirnos –le dije a Jaime aquella tarde, cuando aún no había logrado recuperarme del todo de nuestro nuevo poder, una intensidad que me hacía arder, y llorar, y reírme sin saber la razón.

–No –él me abrazó, pegó su cabeza a la mía–. ¿Por qué?

–¿Y si Marcos vuelve?

–No va a volver. No va a volver porque sabe lo que se va a encontrar.

–¿Cómo lo sabes?

–Lo sé.

Marcos no volvió aquella tarde, pero al día siguiente, después de comer, volvimos a estar los tres juntos en la misma cama, fumando, y bebiendo, y riéndonos como al principio. Por la mañana, al entrar en clase, Jaime no le dio la opción de disparar primero. No le dirigió la palabra, ni siquiera le miró, estuvo haciéndose el digno, el ofendido, durante horas enteras, hasta que Marcos tuvo que preguntarle qué le pasaba, hasta que consiguió que me pidiera perdón, que le pidiera perdón a él. Qué cabrón eres, pensé para mí misma, pero qué cabrón, y al pensarlo me reía, me alegraba por dentro, porque los viejos buenos tiempos ya habían pasado, pero nos quedaba su recuerdo, un espejismo de felicidad que podía durar días, hasta semanas, mientras los tres mimábamos el tiempo, lo sosteníamos con dedos temerosos, forrados de algodón, y caminábamos de puntillas sobre el misterio de nuestra antigua inconsciencia para no molestarla, para no despertarla, para dejarla dormir. Entonces la vida volvía a ser buena, volvía a ser fácil, una cama grande, un balcón soleado, el olor del aguarrás y de tres cuerpos sudorosos, el humo del hachís, el ruido de los besos, de la risa. Marcos estaba enamorado de mí, yo estaba enamorada de Jaime, Jaime estaba enamorado de mí, pero los tres hacíamos como que no nos dábamos cuenta, fingíamos un amor primerizo, accidental, limitado, de los que no molestan, de los que sólo traen alegría, de los que sirven para algo, de los que no abren heridas que no se quieren cerrar. Les quería como no he vuelto a querer a nadie en toda mi vida. Ellos me querían así, yo lo sabía, y sin embargo, teníamos los días contados. Antes o después, la cuerda floja donde ensayábamos piruetas más difíciles todavía se tensaba de repente, y alguno perdía el equilibrio. Entonces nos caíamos al suelo los tres, y nos hacíamos daño, y cada vez nos costaba más trabajo recomponer los huesos rotos. La Navidad fue espantosa. Jaime se fue a Castellón el día de Nochebuena por la mañana y volvió la primera tarde de 1985. No pudo estar fuera menos tiempo y me llamó todos los días, por la mañana, por la tarde, por la noche. Temía que Marcos quisiera sacar ventaja de su ausencia, y en eso, como en todo, tenía razón.

Lo hice por él, aunque nunca me atreví a contárselo. Lo hice por él, y sé que él lo habría entendido si se hubiera parado a pensarlo. Lo hice por él, a pesar de que nunca me lo habría perdonado. Lo hice por él, porque mientras tuviera a Marcos, le tendría a él, y cuando perdiera a uno, me quedaría sin los dos. Por eso lo hice, y me equivoqué.

–Si le cuentas una sola palabra de esto a Jaime –le dije antes de empezar, cuando estábamos vestidos todavía–, si Jaime se entera de esto alguna vez, te mato.

Marcos se echó a reír, un recurso airoso para desestimar la violencia de mi amenaza, pero me entendió, quizás demasiado bien, porque por primera vez después de muchos meses, su polla le amenazó con ponerse tonta. El regateo no duró mucho tiempo, de todas formas. Él lo deseaba, deseaba estar solo conmigo porque sabía que Jaime y yo lo hacíamos a solas, no sé cómo, cuándo lo había descubierto, pero lo sabía, y lo deseaba tanto que controló el motín de su sexo con una autoridad inédita, se comportó como un amante ejemplar, nunca lo había hecho mejor y yo jamás se lo agradecí menos. Comprendí enseguida que aquello había sido un error, que estaba equivocada, y tuve que controlar yo también, más y mejor que nunca, cuando el arrepentimiento me amenazó con paralizar mi cuerpo, y sobre todo después, porque Marcos no era tan culpable como yo, nunca lo había sido, y no merecía que le guardara rencor por mis propios errores.

Lo hice por Jaime, y lo hice muy bien, pero me equivoqué, y sin embargo, mi fingida traición dio un extraño resultado. La culpa que no había llegado a brotar en la fiesta de cumpleaños de mi madre, la culpa que se hizo grave y profunda al entrar en contacto con el sol de una mañana de agosto, creció entonces como un virus maligno, como la incomprensible potencia de un tornado, como crecen los monstruos que nacen de las pesadillas y lanzan sus garras de miedo y de angustia a la implacable caza del rastro del culpable. Habíamos perdido la inocencia, la pureza que había hecho posible todo lo que había sucedido entre los tres. Cuando volví a ver a Jaime estuve a punto de confesar sólo por despistarla, por esquivarla, por desprenderme del peso antiguo y nuevo de mi culpa, pero la angustia pesaba menos que el miedo, y el miedo me impidió hablar, y salió fortalecido del silencio. Su amenaza se prolongó durante semanas enteras, el plazo que Marcos necesitó para volver a cambiar, para recuperar poco a poco su energía, su viejo entusiasmo, para hablar otra vez de pintura, y contarnos sus proyectos, y volver a interesarse por los nuestros. Entonces llegué a sospechar que Jaime terminaría atando cabos, que deduciría lo que había pasado del repentino optimismo en el que desembocaron meses enteros de silencios tristes y sonrisas ensimismadas, porque Marcos había cambiado, estaba cambiando, y yo siempre había pensado que lo que le pasaba tenía que ver con el sexo, pero en eso también estaba equivocada. Lo comprendí un día como cualquier otro, el día que volvió a pintar, y ya nunca pudimos trabajar al mismo ritmo.

Siempre le había admirado, siempre había sabido que era el mejor de los tres, el mejor del curso, el mejor de toda la facultad, pero no estaba preparada para aquella explosión. Porque Marcos explotó, se encontró y se desbordó, se paró a tomar aliento y creció de un salto hasta hacerse inmenso, inalcanzable, tan poderoso, tan lejano como esas estrellas cuya luz podemos ver sin ser capaces de calcular la infinita distancia que las eleva sobre nosotros. Eso fue lo que ocurrió. Jaime y yo estábamos delante, lo veíamos y no lo creíamos, le mirábamos y desconfiábamos de nuestros propios ojos. Marcos volvió a pintar y ya no paró, y nos quedamos sin palabras para describir lo que estábamos viviendo. Es un filón, decía Jaime a veces, ha encontrado un filón de puta madre, se agotará, pero lo que está haciendo es buenísimo, ¿verdad? Era buenísimo, más que eso, era lo que querríamos hacer nosotros, lo que habría querido hacer cualquiera. Es un filón, decía Jaime, pero no, aquella vez no tuvo razón, porque Marcos ya no paró, no podía parar, y más que agotarse, se desdoblaba, pintaba tres y cuatro cuadros a la vez, los rechazaba y pintaba encima, y lo que hacía era siempre mejor que lo anterior, y por eso Jaime empezó a correr, a trabajar con una furia agria y estéril, a vaciarse sobre el lienzo como si pintara con su propia sangre. Pero la competencia era imposible. La distancia que estaba abriendo Marcos no se proyectaba en el horizonte como un estímulo, una meta visible, un ejemplo que seguir. Su camino dejaba tras sus pasos un desierto brutal, abrumador, un páramo cruel y desolado, sin vegetación, sin agua, sin vida. La vida no era posible a su lado, no era posible el arte, ni el éxito, ni el talento, ni el color, porque él lo absorbía todo, lo masticaba todo, se lo bebía todo, y nos dejaba limpios, secos, exhaustos, casi muertos. El mundo se había convertido en un jardín pequeño, privado, secreto, y era sólo suyo. Eso sentía yo, y no se lo reprochaba, no podría reprochárselo jamás porque le quería, porque le entendía, porque le envidiaba. Jaime habría hecho lo mismo, yo habría hecho lo mismo si hubiera podido, pero no podíamos, no teníamos ese poder, esa fuerza, esa suerte. Sucedió muy deprisa y nos separó para siempre. No parecía magia pero era asombroso, hacía mucho ruido pero no tenía truco. Jaime seguía siendo un dibujante extraordinario. Yo seguía pintando cuadros inquietantes. Él se había convertido en un pintor de verdad, nada más que eso, Marcos Molina Schulz, algo único.

—Creo que está casi bien —nos decía de vez en cuando—. ¿Qué os parece?

—No. No está casi bien, no está ni siquiera bien —Jaime perdía la paciencia, se exasperaba, llegaba a chillar mientras paseaba por la habitación, moviendo las manos como si estuviera a punto de volverse loco—, es la hostia y tú lo sabes, lo sabes, hijo de puta, lo sabes, lo sabes, lo sabes...

Mientras duraban esos estallidos, y después, cuando estábamos a solas, yo le escuchaba, y sufría por él. Aunque siempre se reía al terminar, aunque abrazaba a Marcos y presumía de su genialidad con los demás, aunque nunca pude calcular el porcentaje de admiración y de violencia, de orgullo y de envidia, de amargura y de cariño, de sinceridad y de rencor que latía bajo aquellos insultos, aquella primavera sufrí por Jaime. No por mí.

Yo quería mucho a Marcos. Lo quería casi tanto como a Jaime y no había ninguna otra persona a quien quisiera más en este mundo, estaba orgullosa de él y le admiraba más que antes, más que a nadie. Eso era inevitable, porque su trabajo merecía toda mi admiración, la admiración de todos. Yo no era importante, nunca lo sería. Hacía mucho tiempo que lo sospechaba, que lo sabía sin querer saberlo, y no creía en mí misma, no creía en lo que pintaba, ni en lo que proyectaba pintar, ni en lo que pintaría en el futuro. Seguía trabajando porque me gustaba hacerlo, porque no sabía hacer otra cosa, porque eso era lo único que había hecho bien desde el principio, y porque lo hacía con ellos. El arte formaba parte de mi vida, de nuestra vida, de los días y las noches que compartíamos, era una casa dentro de nuestra casa, tiempo dentro del tiempo, un abrigo común que nos protegía tanto como nos aislaba de los demás. Siempre habíamos ido juntos a comprar material, habíamos preparado los lienzos a la vez, habíamos trabajado al mismo ritmo, y eso se había acabado. Marcos estaba solo, nosotros también, a mí no me importaba, pero Jaime sufría, y yo sufría por él. Sabía que nunca lograría llegar ni a la mitad del camino, que siempre sería una tortuga arrastrándose detrás de Marcos, pero estaba enamorada de él, le amaba cada vez más, con más desesperación, con menos esperanza. Y sufría por él, pero jamás le humillaba con indicio alguno de mi sufrimiento.

Abril fue duro, mayo peor. A finales de junio, Marcos expuso con un pintor que le sacaba más de diez años en una galería pequeña pero prestigiosa, especializada en artistas que empezaban. Lupe, la dueña de la galería, estaba casada con un profesor de la facultad y, en apariencia, mucho menos entusiasmada que su marido. Sólo quiso colgarle siete cuadros y no quiso esperar al otoño para encontrar una fecha mejor, pero incluso así, aquello era más de lo que cualquiera de nosotros se habría atrevido

141

a soñar, más de lo que había conseguido nadie a quien conociéramos. Jaime fue conmigo a la inauguración, sonrió durante más de una hora, saludó a todo el mundo, le dio la mano al padre de Marcos, besó a su madre, se hizo fotos con nosotros dos y escuchó un comentario de la galerista, esa chica castaña, la de la melena, es la novia del pintor, ella también pinta... Marcos me tenía cogida por la cintura cuando le vi salir sin despedirse de nadie, y fui tras él, le llamé, corrí por la calle, le alcancé cuando estaba a punto de meterse en el metro. Aquella noche, Marcos no volvió a casa. Jaime y yo dormimos juntos, abrazados, agotados, después de follar como si el mundo se fuera a acabar al día siguiente.

Y el mundo se acabó a las nueve de la mañana. Cuando abrí los ojos, Marcos estaba sentado en el borde de la cama, con una bolsa de plástico entre las manos, mirándonos.

–Tenemos que hablar –nos dijo–. Lo sé todo. Desde el principio, desde la mañana de la playa. Quiero haceros una oferta.

4
La muerte

Pero el tres no ha sido nunca un número. El día de su entierro me vestí de negro. No lo había hecho nunca por nadie, pero al levantarme comprendí que no podría elegir otro color. Había pasado mucho tiempo, pero necesitaba llevar luto por Marcos. Cuando me desperté, aún no había amanecido. No estaba segura de haber dormido más de dos horas, pero no tenía sueño, sólo un cansancio interior, hondo y extenso, que mantenía mis ojos abiertos y mi cuerpo en tensión. Jaime me había dicho que no llevarían el cadáver al tanatorio hasta aquella misma mañana, que abrían a las siete, que él llegaría más tarde, en un avión que salía de Valencia a las ocho y media. Me levanté, me duché, me vestí, intenté desayunar y todavía no eran las seis. Estuve mucho tiempo sentada ante la mesa de la cocina, resistiendo la lentitud agónica de unos minutos que se negaban a respetar la suma de sus propios segundos. Me hubiera gustado estar allí desde el principio, verle a solas, cumplir con los macabros rituales de la muerte de un ser amado, pero había pasado demasiado tiempo, yo no sabía nada de él, no sabía en qué clase de hombre se había convertido, qué cosas le habían ocurrido, con quién había vivido. Sólo sabía por qué se había matado. Para mí, siempre sería tan hermoso como un arcángel desarmado, sin alas y sin espada. A ese Marcos lloraba mi memoria, y lo lloraba sin pausa, sin consuelo. Hacía años que no abría la carpeta que dormía en el maletero de mi armario desde la última mudanza. Hacía horas que deseaba ir a por ella, limpiarle el polvo, abrirla, mirar su contenido. En la mesa de la cocina, los minutos pasaban demasiado despacio, y no sería lógico, ni razonable, ni decoroso, que saliera de casa antes de las nueve. Por eso cedí a la tentación, sabía que iba a venirme abajo y eso fue lo que ocurrió, quizás era también lo que buscaba. Me miré en el espejo de mi juventud y comprendí que la muerte de Marcos me devolvía inexorablemente a los veinte años, los mismos que tenía en aquellos dibujos, cuando posaba para ellos desnuda, cuando me dibujaban también vestida, Jaime con esa perfección pasmosa de sus dedos de labrador, Marcos, y sólo ahora pude admitirlo, mucho mejor, menos pero más parecida a quien era yo en realidad. La carpeta estaba llena de fotos, de retratos, de apuntes, de dibujos, de bocetos de cuadros de los dos. A partir de aquella mañana, siempre habría algo más, porque los suicidas se matan, pero nunca se mueren del todo. Sobreviven en la conciencia de quienes les sobreviven, y su amor es implacable, capaz de imponerse al tiempo y al espacio, tan poderoso que resucita las culpas olvidadas, el sufrimiento amortiguado, los errores que parecían haber caducado. Desde que Marcos murió, tengo veinte años todos los días, en algún momento de todos los días. Desde que Marcos murió, todos los días abro la carpeta, saco los dibujos, los miro, los toco, y me lamento. Desde que Marcos murió, todos los días comprendo que el resto de mi vida ha pasado en vano, que no ha vuelto a sucederme nada, que no he sabido hacer ninguna cosa bien sin ellos. Ésa ha sido su herencia, tal vez su venganza.

Cuando llegué al tanatorio eran las nueve y veinte, y ante la puerta del número 16 había tres cámaras de televisión, muchos fotógrafos y hasta algún curioso de otro entierro. La sala estaba llena de gente, pintores, galeristas, críticos de arte, periodistas especializados, directores de museos, profesores universitarios, y hasta mi jefe, que levantó una ceja al verme aparecer. Les conocía a casi todos y sabía por qué estaban allí, aunque ninguno conocía las razones de mi presencia. Saludé a los imprescindibles con un gesto y no me atreví a acercarme a la madre de Marcos, que estaba sentada en un sofá, entre dos mujeres de mediana edad, con la mirada perdida y la cabeza inclinada hacia un lado, como si la hubieran atiborrado de pastillas. Ella era la única que no estaba hablando de dinero.

Detrás del tabique no había nadie. Una ventana grande, circular, conectaba el espacio de los vivos con el sofocante dominio de la muerte, una solemne epidemia de coronas infestando el ataúd, rosas, claveles, lirios, azucenas, crisantemos, margaritas, flores frescas y a medio marchitar cuyo aroma dulzón, como una engañosa contraseña de la podredumbre, parecía atravesar el cristal para derramar sobre mí su perfumada tristeza. Marcos estaba allí, en el centro, muy maquillado, muy pálido. Un trapo blanco rodeaba su cuello con la exageración de esas bufandas que las madres atan debajo de la boca de sus hijos pequeños antes de llevarlos al colegio en mañanas de helada. Allí, en algún lugar entre la barbilla y la garganta, había apoyado el cañón. Allí tenía que estar el orificio de la bala que había atravesado su cabeza para salir por el lado izquierdo del cráneo, la bala que no le había roto la piel pero sí los huesos, abriendo un camino visible a través de la mejilla, en el pómulo y el arco de la ceja. Aquélla ya no era su cara, sino un rostro torcido, deforme, cojo. La muerte había desviado el eje impecable de su belleza sin llegar a destruir la identidad del arcángel maduro que dormiría para siempre en la mitad derecha de su cabeza. Eso no me consolaba.

No sé cuánto tiempo estuve allí, sola con él, los dos solos pese a las fugaces manifestaciones de una curiosidad desagradable y morbosa, personas que llegaban, le miraban, estudiaban su aspecto, comentaban en un cuchicheo la trayectoria de la bala, y se marchaban. No sé cuánto tiempo estuve allí, pero sé que me dio tiempo a deshacerme y a cansarme de estar deshecha, a sentir que mi cabeza estaba llena de agua, luego forrada de corcho, después completamente vacía, y sé que me senté en el suelo y que me levanté después, ya estaba otra vez de pie cuando ella entró.

–Hola, Jose.

Era más joven que yo, y más alta, debía de ser casi tan alta como él, y muy guapa, una mujer espectacular, rubia del todo, con los ojos claros, las piernas largas, un cuerpo estupendo embutido en un vestido marrón. Llevaba un collar de turquesas y estaba tranquila, serena, tenía los ojos secos, el buen color de un maquillaje discreto. Me había saludado como si nos conociéramos, pero yo estaba segura de que no la había visto en mi vida. Cuando se dio cuenta, se acercó, me tendió la mano y yo se la apreté.

–Me llamo María. Estuve casada con Marcos durante tres años, hasta hace seis. Él te quería mucho, hablaba mucho de ti. Te he reconocido porque le vi dibujarte de memoria un montón de veces, apareces en muchos de sus cuadros, supongo que ya lo sabes... –sonrió, como si quisiera ofrecerme un pacto de complicidad, un rasgo de simpatía inteligente, civilizada, mundana, al que a mí no me interesaba corresponder–. Más joven, claro, como... Bueno, como eras antes, cuando... –ella seguía son-

149

riendo, yo no, si había aprendido algo en todos los años que habían pasado desde que los perdí, era que nadie como ella podría jamás comprender nada, por muy bien que creyera conocer los episodios de aquella historia–. En fin, he venido a buscarte porque Jaime me ha llamado hace un cuarto de hora y me ha preguntado si estabas aquí. Venía de camino, ya debe estar a punto de llegar.

Antes de salir, di dos pasos hacia delante, apoyé mis manos abiertas en el cristal de la ventana, y lo besé, mantuve los labios apretados contra él durante unos segundos. Me imaginé que aquella mujer pensaba que estaba haciendo el ridículo, pero lo que pudiera pensar de mí también me daba lo mismo. Cuando volví a la sala había mucha más gente que antes. Busqué a Jaime con la mirada pero no le encontré. A cambio, vi al padre de Marcos, tan alto, tan guapo, tan parecido al anciano que su hijo nunca llegaría a ser, que al reconocerle estuve a punto de derrumbarme otra vez. Me lo impidió una señora a quien estaba segura de haber visto en alguna parte, aunque no fuera capaz de identificarla en aquel momento. Pero ella no reparó en mi confusión. Se me acercó con pasos decididos, me abrazó con un gesto de dolor ensayado, me besó en las dos mejillas y me dijo que lo sentía mucho.

Era la ministra de Cultura. Si me había elegido a mí, era porque en aquel lugar lleno de gente, nadie más estaba llorando a Marcos.

–Quiero haceros una oferta, pero no hace falta que me contestéis ahora, podéis pensároslo, es mejor que os lo penséis antes de decirme nada...

–¿Qué llevas en esa bolsa?

Jaime le interrumpió cuando estaba tomando aire para seguir, yo no me atreví a decir nada, me sentía mal, sabía que todo iba mal, que iba a acabar mal. Cuando me desperté, Jaime me tenía abrazada, intenté desasirme de su brazo y no me lo consintió, lo intenté otra vez y cedió, pero entonces interrumpió a Marcos, él miró la bolsa, perdió la seguridad con la que había empezado a hablar, vaciló.

–Esto... No es nada.

–Sí –Jaime insistió–. Tiene que ser algo y yo quiero saber lo que es.

Marcos volvió a tomar aire, miró a Jaime, me miró a mí, se atravesó sobre la cama para apoyar la espalda contra la pared hasta que sus piernas dibujaron un ángulo recto sobre las nuestras, habíamos estado así muchas veces, ninguno de los tres sabía aún que aquélla sería la última.

–Anoche, después de la inauguración, mi padre me invitó a cenar. No sé si llegasteis a enteraros, pero vendí cuatro cuadros y él sólo se quedó con uno, los otros los compraron tres desconocidos. Estaba eufórico, orgullosísimo de mí, creo que es la primera vez que ha estado orgulloso de mí en su vida. Por eso nos invitó a cenar, a mí y a mi madre, en una marisquería del barrio de Salamanca que es donde a él le gusta celebrar las cosas, pero ella no quiso venir, fuimos los dos solos. Yo estaba muy cabreado con vosotros –nos miró, primero a Jaime, luego a mí–. Con los dos. Bebí mucho y me emborraché enseguida. Él tardó un poco más, pero acabó más borracho que yo. Me llevó a lugares muy extraños, bares de putas, o que parecían de putas, no sé, no había mucha luz, no estoy muy seguro. En el último se cayó de un taburete, y tuve que coger un taxi y llevarle a casa. Le dejé en la cama y creí que estaba frito. Fui al baño, vomité, me duché, y cuando ya iba a marcharme, me llamó... –cerró los ojos, se frotó la cara, parecía muy cansado, seguramente no había dormido–. Yo le había contado lo nuestro. Ya sé que no debería haberlo hecho, lo sé, fue una tontería, él no lo entendió, no podía entenderlo, pero yo estaba muy cabreado con vosotros, con los dos, porque me dejasteis solo, porque ayer fue el día más importante de mi vida y me dejasteis solo, y os fuisteis a consolaros el uno al otro porque yo había triunfado y vosotros no, en vez de alegraros por mí, de alegraros conmigo, os largasteis juntos y yo triunfé, y no pude compartir mi triunfo con nadie. Yo no os habría hecho eso.

–Sí que lo habrías hecho.

–No, Jaime, yo no te habría hecho eso.

–Sí. Por supuesto que sí.

–Bueno, da igual... El caso es que se lo conté. Y no lo entendió. Y él también se cabreó. Supongo que conmigo, por ser tan tonto como él siempre ha pensado que soy, y desde luego contigo, Jaime, por haberte llevado a la chica... Bueno, mi padre es así, piensa así, siempre ha sido de la misma manera, no me gusta pero no tengo otro...

–¿Qué llevas ahí?

Yo no había despegado los labios todavía, pero entonces grité, porque en vez de contestar, abrió la bolsa y sacó una pistola negra, grande, pesada, que depositó encima de la sábana con mucho cuidado, una lentitud casi teatral.

–Está descargada –dijo entonces–. La he descargado yo. Él me enseñó a hacerlo, a cargar y a descargar un arma, a limpiarla, a disparar. Eso es como montar en bicicleta. No se olvida nunca... Toma, me dijo, estaba tirado en la cama, en calzoncillos, completamente borracho todavía, el pelo del pecho se le ha puesto blanco, eso me llamó tanto la atención cuando lo vi, que ni siquiera me fijé en lo que tenía en la mano. Toma, me dijo, es vieja pero de fiar. Quédatela, ve, y mátalo.

–Vete a la mierda, Marcos –Jaime tenía los ojos

muy abiertos y la voz helada. No estaba asustado, no estaba impresionado, ni siquiera creo que estuviera enfadado, pero sus ojos se habían agrandado y se habían vuelto más blancos, menos oscuros que ellos mismos. Parecía tranquilo, pero estaba enfermo, congelado, poseído por la ira. Nunca le había visto así.

–Yo no se la he pedido, Jaime –Marcos parecía tan tranquilo como él, y hablaba mirándole a los ojos, sin levantar los dedos de la pistola–. No la quiero. Y nunca la usaría para matarte. Me mataría yo primero, y tú lo sabes. Eres mi mejor amigo, el único mejor amigo que he tenido en la vida. Y además, no serviría de nada. Jose me mataría a mí si lo hiciera, lo sé. Lo sé todo, desde el principio, ya os lo he dicho antes.

–Vete a la mierda.

–No. Escúchame. Escuchadme los dos. Quiero haceros una oferta, y estoy hablando en serio. Esto se acaba, los tres lo sabemos, ¿no? Hemos terminado la carrera, ya no hay excusas, no hay asignaturas, no hay exámenes, no podemos seguir viviendo como antes. No volveremos a vernos en clase, no volveremos a encontrarnos todos los días, don Aristóbulo dejará de mandar una transferencia cada primero de mes, y tú tendrás que volver a Castellón, o al menos eso es lo que tus padres esperan que hagas –Jaime se removió en la cama, intentó decir algo, pero Marcos levantó una mano y no se lo consintió–. Ya sé lo que estás pensando, pero te equivocas. Soy mucho menos tonto de lo que te crees. Jose lo sabe. Jose sabe algunas cosas de las que tú, que te crees tan listo, no tienes ni idea. Sabe, por ejemplo, que ella y yo, solos, no llegaríamos a ninguna parte. Por eso he pensado que podríamos vivir juntos –Jaime resopló, intentó reírse, pero Marcos no se detuvo–. Estoy hablando en serio. Muy en serio. Yo ahora tengo dinero, y voy a tener más. Lupe quiere hacerme un contrato, pero no es la única. Anoche se me acercaron otros dos galeristas, así que puedo subastarme, venderme al mejor postor, firmar una exclusiva y alquilar un estudio, una casa grande donde podamos vivir y trabajar los tres, no aquí, al lado de la Gran Vía, desde luego, pero sí en algún barrio, en Embajadores, en Legazpi, en Tetuán, en Carabanchel, por allí quedan muchas casas bajas todavía, y fábricas antiguas, abandonadas, podemos mirarlo, estoy seguro de que encontraremos algo cerca de una estación de metro, en alguna parte que no esté demasiado lejos. Y puedo seguir tirando de mis padres, si hace falta. Yo pagaría la casa, vosotros tendríais que sacar dinero para vuestros gastos, solamente...

Yo le escuchaba hablar, y lo que oía me gustaba, y sabía que tenía razón, y que sería estupendo pero que no sería, porque Jaime jamás lo aceptaría. Habíamos hablado de eso muchas veces, siempre en broma, nos haría falta un piso de tres dormitorios, decía Jaime, porque tendríamos que tener un dormitorio común, con una cama grande que sería al mismo tiempo la de todos y la de Jose, y luego dos habitaciones más, una para Marcos, y otra para mí... ¿Para qué?, preguntaba yo. Para nuestras novias. ¡Ah!, así que tendríais novias, ¿eh? ¿Y yo qué? ¿Qué haría yo con mis novios? ¿Y para qué quieres tú más novios, si con nosotros dos vas que te matas? Marcos se reía, nos escuchaba y no decía nada. ¿Y si quiero tener hijos? Pues nada, los tenemos. El primero mío, por supuesto. Luego, si Marcos quiere reproducirse, podemos ir alternándonos, uno de cada, los míos más listos y los suyos más guapos. Que nos llamen papá a los dos, por si acaso, y andando... Habíamos hablado en broma muchas veces, pero aquella mañana Marcos hablaba en serio, más en serio de lo que parecía.

–A mí no me importa el dinero, eso me da igual, mi padre tiene mucho, aunque nadie sabe de dónde lo saca. No hace falta que os preocupéis por eso. Y todo lo demás saldría bien, siempre ha salido bien, hasta que... Pero eso no me importa. No me importa ser el amigo íntimo, de verdad. Yo... Bueno, nunca os lo he contado, pero a mí me cuesta mucho trabajo vivir. Siempre, desde siempre. Es algo difícil de explicar, como a vosotros no os pasa seguramente no lo entenderéis, pero yo siempre he sentido que vivía dentro de un túnel, a oscuras, aparte, lejos de todo. Veía luces al principio y al final, sabía que existía el mundo, más gente, el sol, la luz, las calles, mis padres, todo eso, pero no podía salir, ni siquiera quería salir de allí, era demasiado esfuerzo. Nunca os lo he contado, pero a mí me da todo mucha pereza, despertarme por la mañana, levantarme de la cama, vestirme, desayunar, todo eso me cansa mucho, estoy muy cansado antes de hacer nada, tengo que obligarme a hacer las cosas que los demás hacen sin darse cuenta, y a medida que consigo hacerlas, me siento menos cansado, y no más, es muy raro... Con lo único que no me pasa eso es con la pintura. Pintar es muy importante para mí, pero también lo es para vosotros, ¿no?, para todos los que pintan, y sin embargo, los demás han sido niños normales, con amigos, con novias, con ganas de salir, y de ir al cine, y de hablar, y eso... Yo no tengo ganas de nada, o mejor dicho, no tenía ganas de nada hasta que os conocí, a ti primero, Jaime, y después a ti, Jose. Nunca había tenido amigos de verdad. Bueno, tenía amigos, ellos creían que éramos amigos, en el colegio y eso, pero... Me costaba mucho trabajo estar, simplemente eso, estar, y hablar, y comer, y sonreír cuando escuchaba un chiste. Lo hacía de vez en cuando, eso sí, pero sólo porque sentía que tenía que hacerlo para ser normal, igual que tú al principio, Jose, cuando chillabas aunque no te corrieras, y eso me cansaba tanto, tanto, tenía tantas ganas de quedarme un día en la cama y no volver a levantarme nunca más, a veces hasta tenía ganas de morirme durmiendo, un día cualquiera, y no volver a despertarme, no volver a estar cansado, ni a tener que reírme sin ganas, no volver a pintar para no tener que volver a decirme que eso sí merecía la pena... Lo de mi impotencia era sólo un detalle, y ni siquiera de los más importantes. Había cosas que me daban mucha más angustia, la tristeza, el cansancio, esa sensación de que todo me venía demasiado grande, de que nunca lograría llenar nada, encajar en ninguna parte, descansar de verdad. Hasta que os conocí. Y me enamoré de vosotros dos. De Jose desde luego, pero también de vosotros, de nosotros, de lo que somos los tres juntos. No sé si me entendéis. Nunca he estado enamorado de ti, Jaime, de lo que eres tú, de ti solo. Ya sé que al principio creías que sí, yo lo notaba, a veces me daba la impresión de que me tenías un poco de miedo, hasta que se te pasó, porque no era así, en eso no tenías razón. De quien sí estoy enamorado es de ti, Jose, pero seguramente no me habría pasado si Jaime no hubiera estado por medio, si no nos hubiéramos enrollado los tres. Y tú estás enamorada de él, y yo lo sé, y sin embargo, y a pesar de todo, sigo estando enamorado de nosotros, de vosotros conmigo, de mí con los dos. No sé si me entendéis...

–Yo sí te entiendo –me destapé, crucé la cama, me senté a su lado, me apreté contra él, sus palabras me habían emocionado mucho, necesitaba que lo supiera, y que supiera que estaba con él–. Yo te entiendo muy bien, Marcos, porque a mí me pasó lo mismo que a ti.

Acercó su cabeza a la mía y me besó, y le besé,

nos besamos como si estuviéramos solos y Jaime no intervino hasta que terminamos.

–Yo también te entiendo –dijo solamente, con una voz neutra, insensible, y se calló, fue como si de pronto los dos hubieran intercambiado sus papeles porque él siguió en silencio, Marcos hablando.

–Por eso... Bueno, yo he pensado... Creo que deberíamos vivir juntos, por lo menos intentarlo, ver cómo funciona... Ya sé que las cosas no son ahora como al principio, lo sé, sé que será más difícil. Y sé que no me necesitáis pero, así y todo... Yo os necesito, ésa es la verdad. Puede parecer egoísta y lo es, es egoísta, pero al mismo tiempo... Con vosotros no me cuesta trabajo hacer las cosas. Si viviéramos juntos, podría seguir pintando, y seguiría riéndome, y divirtiéndome, y levantándome de la cama con ganas de salir a la calle... Yo nunca había sido muy feliz, ésa es la verdad. Cuando empezamos con esto, descubrí lo que era estar bien, estar contento. Y no puedo renunciar a eso, no quiero, no quiero volver al túnel, volver a vivir en un túnel, estoy dispuesto a hacer lo que sea... Ésa es la razón de que aguante tanto, de que haya aguantado cosas con las que otros no podrían, eso lo habréis pensado, ¿no?, seguro que lo habéis pensado...

Parecía agotado, enfermo de cansancio, hablaba muy despacio, vaciándose en cada palabra que escogía, y mientras tanto yo me preguntaba cómo era posible que no lo hubiéramos adivinado, por qué no lo habíamos descubierto solos, por qué no lo habíamos comprendido antes, y me respondía que no habíamos querido saberlo porque esa verdad no nos habría consentido respirar, porque era más fácil pensar que nada era difícil, que nada era humillante, que los tres éramos la misma cosa y Marcos un poco más raro, simplemente. Nosotros le necesitábamos a él tanto como él nos necesitaba a nosotros, porque esa felicidad era igual de importante para los tres. Habíamos sido felices caminando sobre una cuerda floja, habíamos florecido en una infección de contradicciones, nos habíamos encontrado en un laberinto de paradojas sin mirar nunca al suelo, sin mirar nunca al cielo, sin mirar. Marcos nunca llegaría a saber cómo me reproché en aquel instante mi ceguera, mi antigua inconsciencia, mi vieja alegría, las mentiras de Jaime, mis mentiras, los cimientos de la época más feliz de mi vida. Y sin embargo no era culpa mía, no era culpa de Jaime, no era culpa de nadie. Era demasiado amor, y ya no sabíamos qué hacer con él, excepto apurar aquel veneno hasta los posos, Marcos seguir hablando, nosotros seguir escuchando, y tragarnos para siempre las razones amargas de su gratitud y de su esperanza, la amarga benevolencia del único futuro deseable, que era también el único futuro imposible.

–Pero no lo entendéis, no podéis entenderlo, vosotros no habéis vivido como he vivido yo, no habéis crecido a oscuras, aparte, y sin saber por qué. Por eso, a pesar de todo, os estoy pidiendo que viváis conmigo, que probemos a vivir juntos los tres, aunque sea egoísta, aunque parezca absurdo, aunque ahora mismo estéis pensando que no va a salir bien. Os pido que probemos, sólo eso. Y, no sé, estoy diciendo cosas de las que seguro que luego me voy a arrepentir, pero... A lo mejor os estoy dando la única posibilidad que vais a tener para seguir estando juntos. A lo mejor... Puede que nunca logréis estar juntos y bien sin mí.

Tenía razón. Él sabía que tenía razón, yo sabía que tenía razón, y Jaime sabía que tenía razón. Por eso no pudo soportarlo más. Era demasiado amor, demasiado grande, y complicado, y confuso, y arriesgado, y fecundo, y doloroso. Se había hecho demasiado doloroso. Jaime se levantó, buscó su ropa, empezó a vestirse, y me partió el corazón.

–¿No vas a contestarme? –le preguntó Marcos.

–Te estoy contestando –respondió él, mientras se ataba los cordones de los zapatos.

Luego se marchó, cruzó la habitación sin despedirse de mí, sin pararse a mirarme.

–No deberías haber traído esa pistola, Marquitos –dijo desde la puerta, señalándola con el dedo, y su voz era tan afilada que hacía daño, que me hizo daño, más daño aún que el silencioso desprecio que había apretado sus labios mientras Marcos decía cosas que yo habría preferido no oír, no saber, no tener que recordar jamás–. No deberías haber traído una pistola para decir lo que venías a decir.

Primero escuché el portazo y luego nada, la vieja voz del miedo acaso, su antigua compañía, porque al principio sentí sólo eso, sólo miedo, otra vez miedo a perder a Jaime, otra vez miedo a perder a Marcos, otra vez miedo a quedarme sola con mi corazón inservible, ensanchado, desmedido, demasiado grande y vacío para siempre. Tenía mucho miedo, y una sensación espesa, grisácea, sucia, que era más triste, más penosa aún que la tristeza, y un grumo en la garganta que pesaba como la desesperación, e impregnaba mi paladar de barro, y me impedía llorar. Entonces, Marcos volvió a hablar, sin moverse, sin mirarme, los ojos clavados en la pared del fondo, el rostro inmóvil, ninguna expresión en sus ojos, en su boca, que se movía como si no le perteneciera, como si fuera ella quien hubiera decidido hablar y hacerlo con una voz de piedra, un acento metálico y helado que yo no conocía pero resonaba en mis oídos como si llegara desde el fondo de un túnel, el túnel que le acechaba, el túnel que le llamaba, el mismo túnel que lograría por fin tragárselo algún día.

–A veces creo que yo podría ser un pintor importante. Seguramente me vendré abajo, pero si aguanto, si sigo pintando, puedo llegar a ser un pintor importante. Es difícil de explicar, pero a veces lo siento, lo sé. Por eso nunca me gusta lo que hago, porque estoy seguro de lo que puedo hacer, porque sé que puedo hacer mucho más. Tú tienes talento, Jose. Al principio, yo te admiraba mucho, más que a nadie. Ibas muy bien, pero te paraste, y sabías que iba a ocurrir, que te ibas a parar, te diste cuenta antes que yo. Tú misma me lo dijiste en clase, aquel día que me enseñaste tu autorretrato. Pero tienes talento. Puedes encontrar otro camino, estoy seguro de que lo encontrarías si quisieras, lo que no sé es si te apetece buscarlo. Jaime, en cambio, nunca ha podido ver más allá de sus lápices.

–Eso no es verdad –ya no había nada que salvar, pero yo estaba dispuesta a seguir fingiendo que no lo sabía, y no podía permitir que hablara así ni siquiera entonces, cuando todo se derrumbaba como si estuviéramos dentro de uno de sus cuadros, cuando todo se estaba cayendo a pedazos menos mi amor por Jaime, mi amor por él.

–Sí lo es –y ni siquiera en aquel momento me miró–. Ésa es la verdad y tú lo sabes, es imposible que no lo sepas, eres demasiado lista como para no haberte dado cuenta todavía. Por mucho que tú le quieras, por mucho que le empujes, y le animes, y le consueles, por muy bien que copie a Rafael, y a Gauguin, y a Degas, Jaime no llegará nunca a ninguna parte, y él también lo sabe. A ti no te importa, a él sí. Tú tienes talento, pero no tienes ambición. Yo tengo las dos cosas, soy muy ambicioso y tengo mucho talento. Jaime también es ambicioso, pero su talento es muy limitado. Nunca pasará de ser un dibujante, superdotado, asombroso, extraordinario, eso sí, pero sólo un dibujante, capaz de copiar perfectamente lo que cualquier otro haya hecho antes. Es verdad que a veces tiene intuiciones geniales, pero le faltan demasiadas cosas. No sabe pintar como él mismo, y por eso no le queda más remedio que imitar a los demás. Ahora pinta como yo. No le gusta, pero no tiene más remedio, y no quiere testigos. Antes, pintaba como tú. No me digas que no te diste cuenta. A veces, hasta pienso que has dejado de trabajar por eso, porque has elegido que te quiera antes de que te admire, porque te importa más conservarlo que pintar, porque prefieres que te chupe la sangre a demostrarle que eres mejor que él...

No le dije nada. Todo estaba cambiando muy deprisa, lo que parecía hundido se elevaba, lo que estaba arriba se desmoronaba, las puertas que estaban cerradas se abrían, las puertas abiertas se cerraban, el sexo y el arte se separaban para siempre y cuatro caballos me despedazaban, tirando de mí a la vez hacia los cuatro puntos cardinales. Era mejor no hablar, no decir, ni siquiera sentir, no odiar a Marcos por su genio, no odiar a Jaime por su mediocridad, no desear que uno fuera peor, que el otro fuera mejor, que los dos fueran iguales y yo no hubiera sostenido jamás un pincel, no tomar partido, seguir amándolos al mismo tiempo, a uno porque era el hombre de mi vida y lo iba a perder, al otro porque podría haberlo sido y lo estaba perdiendo también. Era mejor no sentir, no decir, no hablar. Marcos tenía razón, pero no quise dársela. Jaime había tenido razón antes, y no había querido irme con él. Ninguno de los dos había terminado todavía.

–No te estoy criticando. Eso lo entiendo. Me da envidia, Jaime me da mucha envidia, tanta como la que yo le doy a él, y a lo mejor hasta más, pero a ti te entiendo. Y te quiero, te quiero más por hacer esas cosas, por parecerte a mí. Yo también dejé de pintar por eso, hace unos meses. Os decía que no se me ocurría nada, que no tenía ganas, pero no era verdad. Tenía más ganas de pintar que nunca porque notaba que iba a dar un salto, lo sabía, y sin embargo dejé de pintar. Para que Jaime no empezara a odiarme, para que no me odiaras tú, para no perderte, para no perderos, para que él no se marchara, para que tú no te fueras detrás de él, para que esto no se acabara... Pero os estaba perdiendo igual, los dos estabais cada vez más solos, más lejos de mí, y yo peor, y más harto de Jaime, de que tú le mimaras tanto, de que yo le tuviera tanto miedo, de que fuera siempre el más importante de los tres, el más fuerte en unas cosas, el más débil en otras, y siempre el centro. Me empaché de mis propios celos, y entonces pensé... Bueno, pensé que si triunfaba, a lo mejor tú cambiabas de bando. Otras lo hacen, ¿no? A las mujeres les gustan los ganadores, eso dicen, y con un pincel en la mano Jaime siempre será un perdedor, yo no tengo la culpa. Pero anoche me di cuenta de que estaba equivocado. Tú no te pareces mucho a las demás, ninguno de los tres nos parecíamos a los demás, aunque Jaime lo va a intentar ahora. Y seguramente lo conseguirá, pero tendrá que dejarte.

Te dejará, porque contigo no lo conseguiría, contigo me seguiría viendo a mí, me seguiría teniendo delante, tú serías mi testigo y él no quiere. No se lo puede permitir.

Entonces me miró, y debió de verme tan vacía, tan destruida, que me abrazó, me acunó entre sus brazos y empezó a moverme, a mecerme como a una niña pequeña.

–Tenía razón en lo de la pistola. No debería haberla traído. Ha sido un error, he cometido muchos últimamente, los tres lo hemos hecho, ¿no? Pensé que sería más blando, más sentimental, que conseguiría darle pena. Al fin y al cabo, sabía que os iba a encontrar juntos en la cama, poniéndome los cuernos, los cornudos suelen dar mucha lástima cuando lloriquean...

–No digas eso, Marcos –había reservado para el final una dosis concentrada de desesperación, y yo no la quería, no me la merecía, no estaba dispuesta a bebérmela.

–No se ha apiadado de mí, y tampoco ha querido mi dinero –él estaba igual de dispuesto a ignorarme–. Ése era el plan B, supongo que tú también te has dado cuenta, intentar sobornaros...

–No digas eso, Marcos, no hables así –me revolví entre sus brazos, lo sacudí, le pegué con manos blandas, le miré–. No hables así, por favor... –él me devolvió la mirada, y una sonrisa misteriosamente cruel–. Por favor.

–Has tenido mala suerte, Jose, los tres hemos tenido mala suerte. Más te habría valido enamorarte de mí.

No sé muy bien lo que pasó después. Sé que lloré, y que hice llorar a Marcos, sé que lloramos juntos, que él dijo cosas terribles de Jaime, de mí, de sí mismo, que volvió a mencionar la piedad, el dinero, la fama, el olvido, que me pidió perdón, que le perdoné, que en algún momento necesité que él me perdonara, que me perdonó, que me pidió que me fuera a vivir con él, que le contesté que no podía, que me prometió que me perdonaría cualquier cosa, que volví a pedirle que no hablara así, que me dijo que me quería, que le contesté que yo también le quería, que entonces fue él quien me pidió que me callara, que no dijera tonterías. No recuerdo bien lo que pasó aquella mañana, supongo que no quiero recordarlo y por eso lo he borrado, lo he difuminado con el meñique de la memoria, resaltando algunas cosas con trazos muy finos, los lápices de colores de los buenos tiempos. Puedo recuperar el calor, y el dolor de querer tanto a alguien sin que sirva de nada. Puedo recuperar el calor, y el dolor de recibir tanto amor inservible. Después me dormí, no sé durante cuánto tiempo, pero sé que me dormí, que él me abrazaba entonces, y me seguía abrazando cuando me desperté, eso sí lo recuerdo porque mientras se desprendía de mí, sentí su ausencia como si me estuviera arrancando la piel, como si se la estuviera llevando consigo.

—Me voy —estaba muy cansado, yo también—. Supongo que tú querrás esperarle.

—Sí... —pensé que a lo mejor aquélla era mi última oportunidad para retenerle, para retener a Jaime, para conservarlos a los dos, pero estaba tan cansada que no encontré otra cosa que decir.

Cogió la pistola, se la metió en el bolsillo del pantalón, y un escalofrío repentino, como una gota de agua helada, atravesó mi espalda muy despacio.

—No me dejes solo, Jose —me dijo antes de salir—. No me dejes solo.

Entonces fui yo quien se quedó sola. Estuve sola mucho tiempo mientras el sol subía en el cielo, y cuando empezó a bajar seguía estando sola. Pasé todo el día tirada en la cama, pensando, calculando, intentando encontrar una salida, una balsa de troncos flotando en el océano, una escalera de emergencias en un edificio en llamas, un paracaídas oculto en un avión que se va a pique, una fórmula mágica, un tesoro escondido, un bálsamo capaz de reparar la muerte. Pasé el día entero pensando y concluí que era posible, que aún podíamos arreglarlo, que merecía la pena intentarlo. Me aprendí de memoria los argumentos con los que iba a convencer a Jaime, los ordené de diversas maneras, los repetí hasta que me sonaron bien, hasta que conseguí creérmelos, hasta que él apareció por la puerta, a las ocho y media de la tarde, y se desmoronaron de un soplido, como una torre de naipes.

–¿Qué haces aquí? –me preguntó desde el umbral en el tono curioso, cortés, con el que se habría dirigido a cualquier otro conocido si lo hubiera encontrado en mi lugar, pero yo estaba dispuesta a ser paciente.

–Te estaba esperando.

–¿Y Marcos?

–Se ha ido.

–¿Cuándo?

–Esta mañana... A las doce, o a las doce y media, no estoy muy segura.

Sólo entonces entró en la habitación, y creí que el interrogatorio había terminado. Se quitó los zapatos, se tumbó en la cama, cerró los ojos y fui hacia él, me tumbé a su lado, quise abrazarle y no me dejó, no me tocó, no movió ni un músculo, se quedó quieto, como si él también pensara que era mejor no sentir, como si estuviera muerto.

–¿Te ha dicho que va a ser un gran pintor?

No quise contestarle porque no me gustaba esa pregunta, no me gustaba la voz que la había hecho, no me gustaban ni la soberbia ni el rencor que reptaban por ella. Ya no había nada que salvar, pero no quería que Jaime se humillase, que se arrastrara a sí mismo delante de mí, igual que se había arrastrado Marcos antes. Él no quiso aceptar mi silencio, sin embargo.

–¿Te ha dicho que va a ser un gran pintor, sí o no? –se había incorporado en la cama para gritarme y ahora sí me miraba, de frente y con violencia.

–¡Sí! –grité yo también–. ¡Me lo ha dicho! –jódete, imbécil, pensé después, y me pareció imposible haber pensado algo así, pero fui muy consciente de que lo había pensado.

–¡Qué gilipollas! –Marcos iba a ser un gran pintor, él lo sabía, yo lo sabía, y Jaime también lo sabía, entonces estuve segura–. Es un payaso patético, un chantajista de mierda, y un gilipollas...

No quise responder a eso. Pasó un segundo que duró un minuto, luego otro que duró dos, y después muchos más, largos y secos como granos de arena rellenando mi boca, empastando mi lengua, chirriando entre mis dientes.

–¿Dónde has estado? –le pregunté por fin para no escuchar el silencio, el ruido silencioso de esa arena que era el tiempo que escapaba, y aún creía que podría cambiar de conversación, darle la oportunidad de pensar en otra cosa, de volverse hacia mí, de abrazarme como antes. Sólo pretendía cambiar de conversación, pero teníamos las palabras contadas, y él quiso pronunciar las últimas con el acento despreocupado, trivial, de los asuntos que no tienen importancia.

–Por ahí... He ido a ver a Lupe. Hemos estado hablando de Marcos. Ya sabes que a ella no le gustaba, ¿no?, eso decía, que no quería exponerle, que su marido la había obligado... Bueno, pues ahora le gusta, ¿qué te parece?, mucho más que eso, le encanta... Ayer vendió cuatro cuadros, esta mañana le ha colocado otro delante de mis narices a un amigo suyo, un coleccionista de los gordos, me ha contado que el crítico de *El País* va a ir esta tarde, el del *Abc* mañana, el de *La Vanguardia* ha llamado por teléfono, total, la hostia... Luego he ido a la estación. He comprado el billete y he estado por ahí, tomando copas con unos y con otros. Quería despedirme de la gente...

–¿Qué billete? –me miró como si no me entendiera, estaba borracho como una cuba, pero yo tampoco podía explicarme bien, no sabía, ya no estaba cansada, el miedo no me permitía percibir el cansancio pero tampoco me dejaba encontrar las palabras que necesitaba–. ¿Qué billete te has comprado? ¿Te vas?

–Sí. Mañana por la tarde, a las cuatro y media, creo... En un Talgo –se echó a reír, como si ese detalle fuera muy gracioso, pero no se atrevió a mirarme–. Pensaba llamarte, no pienses que iba a marcharme sin despedirme de ti.

–¿Adónde te vas?

–A mi puto pueblo. A hablar en valenciano, a comer paella, a follar con suecas y a no pensar en nada más.

Hasta entonces estaba entero, yo creía que estaba entero, borracho, furioso, descolocado, cabreado consigo mismo, y con Marcos, y conmigo, pero entero, y eso me tranquilizaba, me consentía pensar, reaccionar, analizar las fases del desastre, creía que estaba entero, pero por fin volvió la cabeza, me miró, y comprendí que estaba

hecho pedazos, como todo, como Marcos, como yo.

–Te quiero, Jose... –entonces sí me besó, me
abrazó, pegó su nariz a la mía, y cerró los ojos–. Te
quiero.

Así terminó todo.

Todo terminó en aquel momento, el arte, el sexo, el amor, la alegría. Mi primera muerte se tomó más tiempo. Los restos de mi antigua inocencia, de mi antigua esperanza, se irían extinguiendo poco a poco, gota a gota, durante una agonía tan larga como aquel verano, el plazo que mi vida necesitaba para convertirse en un simulacro inaceptable de mi vida. Nada parecía aún demasiado grave, sin embargo. El día que se marchó, le ayudé a hacer la maleta, comimos juntos, echamos un apresurado y casi festivo polvo de fin de carrera, y no paró de decirme que me quería. Cuando le acompañé a la estación, ninguno de los dos teníamos ganas de hablar, pero él parecía tranquilo. Por eso no nos despedimos del todo, no para siempre, y yo sólo quise hacerle una pregunta.

–¿Qué va a pasar ahora?

–No lo sé –me contestó–. Tengo que pensarlo. Necesito tiempo para pensar, pero al final se me ocurrirá algo, seguro, ya lo sabes. Siempre se me ocurre algo.

Volvió a decirme que me quería, y se marchó, y ya no le vi más. Su imaginación falló por fin, falló su astucia, su oportunismo genial y carroñero, su talento para resolver con brillantez situaciones imposibles. Yo nunca le fallé, pero eso no fue bastante.

Le escribí muchas veces aquel verano, cartas muy largas y minuciosas en las que le iba contando todo lo que me pasaba, que era nada, muy poco, y que le echaba de menos. Él contestaba a alguna, de vez en cuando, dos o tres líneas desganadas y corteses, entre las que podía leer un esfuerzo creciente de no confesarse, de no querer saber ni contarme la verdad. Al borde de septiembre le mandé un mensaje tan escueto como los suyos, en una de esas postales que él prefería a mis folios escritos por las dos caras. Necesito saber una cosa, Jaime, escribí solamente, ¿qué va a pasar ahora? Aquella vez me contestó muy pronto, en otra postal bien franqueada, con mi nombre y mi dirección escritos en letra muy clara, y nada más. El espacio reservado al texto estaba en blanco. Desde entonces, sólo supe de él a través de Marcos.

No habíamos vuelto a vernos desde que me pidió que no le dejara solo con la pistola de su padre en el bolsillo. No nos habíamos escrito, ni·habíamos hablado por teléfono en todo el verano, ninguno de los dos se había atrevido a conjurar la ausencia de Jaime, y sin embargo, y aunque todo lo bueno se hubiera acabado, a él también le había echado mucho de menos. No podía querer a Jaime sin querer a Marcos, no podía llorar a uno sin recordar al otro, por eso me alegré de que me llamara tan pronto, el mismo día que volví a Madrid, y acepté el recelo que envolvía sus palabras como un precio muy barato a cambio de la emoción que me devolvía su voz, pero fui tan cautelosa como él en el momento de fijar una cita. Quedamos cerca de la casa de mis padres, lejos de la nuestra, en una cafetería vulgar y a una hora tonta, inocua, las seis de la tarde. Estaba segura de que iba a alegrarme de verlo, pero su presencia me entristeció tanto como una fotografía de alguien que ha muerto y ya no volverá más.

–Jaime me ha pedido que le mande sus cosas. De momento, se va a tener que quedar por allí. Ha encontrado un trabajo en un colegio, creo... –hablaba con tanto cuidado, pronunciando tan bien las palabras, desgranándolas despacio, en un orden tan pacífico, que comprendí enseguida que no me estaba diciendo la verdad–. Sigue estando muy mal de dinero, ya lo sabes, y se lleva fatal con su padre, así que... No sabe cuándo podrá volver, necesita ahorrar un poco, antes... Bueno. Yo quería preguntarte qué quieres que haga con tus cosas. He alquilado un estudio estupendo en un ático de la calle Fuencarral, un séptimo piso. Está muy cerca de la glorieta de Bilbao pero no se oye nada, parece increíble, y tiene mucha luz, hace chaflán y es todo exterior, espera a verlo, no te lo vas a creer... Si quieres, puedes trabajar conmigo. Tengo sitio de sobra.

–No, Marcos, gracias –intenté sonreír, lo conseguí, le cogí una mano, se la apreté–. Creo que no me apetece pintar. Avísame cuando vayas a por las cosas de Jaime y yo recogeré las mías.

El día de la mudanza, después de ayudarme a cargar la última caja en el maletero del coche, me preguntó si me apetecía acompañarle a la reapertura de la galería de Lupe, y lo hizo en un tono nuevo, distinto, como si el eco de su voz le asustara de pronto. Yo le había rechazado y a él no se le había olvidado, me di cuenta de eso, pero la tímida distancia que marcaban sus palabras pretendía más bien tranquilizarme, asegurarme que no tendría que rechazarle por segunda vez. Le dije que sí, y aquella noche, cuando nos despedimos, me habló de una película muda y antiquísima, de esas que le gustaban tanto, una rareza que iban a pasar en la Filmoteca la semana siguiente. Después de verla, ya pudimos hablar, comportarnos con naturalidad, hacer bromas, y nada fue como antes, pero a veces lo parecía.

Ya no nos veíamos todos los días, ni siquiera todas las semanas, pero nos movíamos por la misma zona, íbamos a los mismos bares, nos encontrábamos a la misma gente. Y a veces bebíamos más de la cuenta en alguno de aquellos garitos cutres con las paredes pintadas de negro que nos gustaban tanto, en alguna barra donde nos habíamos emborrachado con Jaime muchas noches, y era como si él estuviera allí, como si el tres siguiera siendo un número. A veces, el disc-jockey tenía buena memoria, *para ti, nos buscamos el paraíso*, y la música desvanecía su recelo, mi desaliento, *nos cocinamos melodías con su charme*, y salíamos a bailar como una pareja normal, *nos olvidamos de los críticos seniles*, pero aún podíamos sentirnos distintos, *nos encerramos en castillos de cartón*, encerrarnos en un castillo de cartón, una fortaleza fragilísima y sólida al mismo tiempo como una roca, como había sido una vez la ecuación perfecta de nuestros cuerpos impares, que nos había dado más de lo que habíamos tenido nunca.

Entonces, Marcos dejaba de tratarme como si fuera un bidón de gas inflamable, y no se preocupaba por que nuestros brazos se rozaran, ni vigilaba con el rabillo del ojo los centímetros que separaban nuestras cabezas. Entonces nos besábamos, mucho, durante mucho tiempo, como si él fuera un soldado y yo una muchacha desconocida que celebra la llegada de un ejército extranjero a una ciudad remota, con el mismo miedo, con la misma avidez, para combatir la misma clase de desesperanza. Marcos estaba enamorado de mí, yo estaba enamorada de Jaime, Jaime ya no estaba, pero a veces aún podíamos fingir que no lo sabíamos, que no había pasado, que no nos importaba. Y una noche, al salir del último bar hacía mucho frío, un otoño muy duro extendía sus brazos hacia un invierno que sería peor, y yo no quería estar sola, su estudio estaba cerca, le cogí de la mano al salir a la calle, y le dije, vamos, y él me entendió, a veces todavía lográbamos entendernos sin hablar, pero el silencio blando y confortable que

177

nos amparó en el camino de ida se hizo áspero y espinoso después, mientras yo era más consciente que nunca de que mi cuerpo tenía un lado izquierdo, una oreja, y medio cuello, y un hombro, y un brazo, y una mano, y un pecho, y media cintura, y una cadera, y un muslo, y una rodilla, y una pierna, y un pie, y cada poro de mi piel, cada pliegue, cada nervio, deseaba a Jaime, preguntaba por él, le llamaba a gritos. No era bueno, no era fácil, no era justo. Tampoco era justo, ni para Marcos ni para mí, y sin embargo se repitió varias veces, porque no podíamos hacer otra cosa, porque no teníamos nada más, porque el mundo estaba encogiendo, porque era cada vez más pequeño y nosotros estábamos cada vez más solos, más perdidos en una soledad que ya no bastaba, y que no sabíamos compartir.

No era justo para ninguno de los dos, no era bueno, pero para Marcos fue más fácil, porque él seguía pintando, pintaba más que nunca y cada día mejor. A mí me gustaba verle trabajar, y pasaba muchas tardes en su estudio, mirándole, admirándole, asombrándome de su poder, de sus progresos, esa potencia que no se agotaba nunca. Le quería. Le quería tanto que empecé a aceptar que tenía razón, que más me habría valido enamorarme de él, y sin embargo, ni siquiera se me ocurrió intentarlo. Eso tampoco habría sido fácil, ni bueno, ni justo, porque seguía esperando a Jaime, no podía evitarlo, le esperé durante mucho tiempo, mientras duró aquel invierno y en la primavera que llegó después, estaba segura de que un buen día volvería, de que antes o después tendría que volver, porque no podía estar tan ciego, no podía haberse vuelto tan estúpido, ni tan soberbio, ni tan cruel. Esperaba a Jaime pero los días pasaban, pasaban los meses y las estaciones, y mi vida estaba suspendida de un hilo frágil, una certeza que se iba convirtiendo en un azar, un azar que empañaba los cielos y emborronaba mi mirada, los objetos, las siluetas, las paredes de cualquier lugar donde yo estuviera.

–He pensado una cosa, ¿sabes, Marcos? La verdad es que no sé cómo no se me ha ocurrido antes...

Él había retrocedido unos pasos para estudiar el cuadro en el que estaba trabajando, acababa de preguntarme si quería una copa, yo le había dicho que sí, era ya tarde, las nueve de la noche, pero estábamos a finales de mayo, había mucha luz todavía.

–Voy a ir a ver a Jaime.

Entonces me miró como si acabara de darle un susto, una expresión de alarma que interpreté mal, y que no me impidió seguir hablando.

–Este fin de semana, o el que viene. Voy...

–No vayas, Jose –apartó sus ojos de los míos, los paseó por la habitación, volvió a mirarme–. Es mejor que no vayas.

Se fue a la cocina y me fui detrás de él. Le vi sacar dos vasos de un armario, abrir la nevera, buscar hielo y hacer todo esto muy despacio. Sirvió las dos copas a la vez y me tendió la mía, como si adivinara que iba a venirme bien, antes de seguir hablando.

–Jaime no está bien. No está bien, está... Bueno, está hecho un gilipollas.

–Pero... –cogió su copa, pasó por mi lado, volvió al estudio y yo fui tras él, sin atreverme a preguntar todavía–. No te entiendo.

Se había sentado en un sofá. Yo cogí una silla, me senté frente a él, apreté unos puños imaginarios y procuré prepararme para lo peor. El tono de Marcos, sus gestos, la parsimonia exasperante de todos sus movimientos, me tenían en vilo, en un punto indeciso entre el terror y la angustia, pero hacía mucho tiempo que no sabía nada de Jaime, y pensé que cualquier cosa sería mejor que renunciar a saber, que cualquier noticia, por mala que fuera, serviría al menos para acercarme a él. Me equivocaba, y Marcos lo sabía, por eso me devolvió una mirada grave antes de empezar. Iba a partirme la cabeza con un martillo y no quería, pero probablemente pensaba que yo me lo había buscado, y era verdad.

–Jaime está viviendo con una tía de treinta y cinco años, separada de un constructor millonario y forrada de dinero –eso me dijo, y siguió hablando en el mismo tono neutro, indolente, como si le trajera sin cuidado el sentido de cada palabra que pronunciaba–. Le trata como si fuera un oso de peluche, pero a él le gusta, o por lo menos, a mí me dio la impresión de que le gustaba. Se llama Eva, está muy buena y es tonta del culo. Viven en la playa, en un chalet enorme, con un jardín enorme, y un ático enorme donde Jaime se ha montado un estudio de la hostia, pero de la hostia, ¿eh?, no te lo puedes imaginar. Debe de tener ya medio millón de lápices. Ella se mete cocaína y él también, los dos beben mucho, se acuestan a las nueve de la mañana, se levantan a las tres de la tarde, se bañan desnudos en su piscina y dan fiestas cada dos por tres, en fin, lo típico, ya sabes... Son los más guapos, los más modernos y los más cosmopolitas de toda la provincia de Castellón.

–Pero tú me habías dicho... –me había preparado para lo peor, pero nunca habría podido imaginar que lo peor pudiera llegar a ser tanto–. ¿Y el colegio?

–Lo del colegio era mentira –él hizo una pausa, se inclinó hacia delante, me cogió de las manos–. Lo siento, Jose. Te conté eso porque no quería contarte la verdad. La verdad es que Jaime no hace nada, bueno, pinta, eso sí, trabaja mucho, ya sabes a qué velocidad trabaja cuando quiere. Ella está muy colgada de él y juega a ser su mecenas, su agente, su modelo, su musa. Jaime pinta, y ella lo paga todo. Por fin ha podido mandar a su padre a la mierda, y por ese lado está encantado.

–Y tú sabes todo esto porque has ido a verle, claro...

–Sí, un par de veces. Estuve allí a finales de agosto, cuando acababa de enrollarse con Eva, y volví hace un mes, cuando te dije que iba a Barcelona a entrevistarme con un par de galeristas... Inauguraba una exposición, me llamó y me dijo que

181

quería que estuviera con él. Y fui, y lo que vi no me gustó nada. Los cuadros eran muy malos, pero vendió bastante, porque la tía esta es de una familia de mucha pasta y conoce a todo el mundo... Ella lo organizó todo. Le buscó la galería, las entrevistas, los clientes, todo.

—Pero, entonces, Jaime sí está bien —me levanté, cogí el bolso, el periódico, no tenía ni idea de lo que quería hacer, de adónde iba a ir, pero sabía que no podía estar allí ni un minuto más—. Está de puta madre.

—No, no está bien, y él lo sabe. Lo sabe. Estuvimos hablando de eso. Se ha metido en una historia de la que no puede salir, pero sabe que no puede...

No esperé a que terminara la frase. Tampoco cerré la puerta, y por eso pude escucharle mientras bajaba las escaleras a toda prisa.

—No te vayas, Jose. Por favor, no te vayas...

El estudio de Marcos estaba en el séptimo. Bajé dos pisos corriendo, otros dos andando a buen ritmo, los tres últimos tan despacio como si me faltaran las fuerzas para llegar al final. Mientras corría, me limité a maldecirle, mientras andaba, aún podía jurarme que iría a verle de todas formas, que le encontraría, y me lo echaría a la cara, y le daría dos bofetadas, y le obligaría a reaccionar, a volver a ser él mismo, a volver conmigo, con Marcos y conmigo. En el tercero comprendí que nadie me había hecho nunca tanto daño, que nadie podría hacerme más daño jamás, porque Jaime no me había abandonado, no me había dejado, no se había marchado, había hecho algo mucho peor que eso. Había trazado una línea en el tiempo y en el espacio, había partido el mundo en dos mitades, me había desterrado de la única mitad a la que yo pertenecía, me había obligado a renunciar a Marcos y a vivir sola entre los demás. Debería odiarle, y sin embargo le amaba. No sabía por qué, pero sabía que era amor lo que sentía al pensar en él en esa casa enorme, con esa mujer mayor, tan rica, que le mimaba tanto, y ese estudio imponente a la orilla del mar, y medio millón de lápices. No lo entendía pero le amaba, con el amor intenso de los buenos tiempos y el más intenso aún de los tiempos peores, y debería haberle odiado, pero no podía, nunca podría odiarle, porque era todo lógico, todo tenía sentido, Jaime era así, había sido así desde el principio, y lo que antes me había unido a él, ahora me lo arrebataba para siempre. Bajaba las escaleras muy despacio, pero al llegar al segundo, me pregunté a mí misma qué esperaba, dónde habría podido acabar Jaime, qué podría haber hecho si no con su polla acojonante y su ingenio fabuloso, con su brillantez para resolver situaciones imposibles y su oportunismo genial y carroñero, con su talento para mentir y ese instinto que hacía que siempre tuviera razón en una cama. Me había abandonado, me había dejado, se había marchado y había hecho algo mucho peor, me había expulsado de mi propio mundo, pero yo le amaba, le seguía amando, y le entendía, podía entender muy bien su debilidad, su orgullo, su rabia, y sentía una ternura inmensa por mi pobre amor, con su pobre talento y su torpe exhibicionismo de dibujante superdotado, con su conciencia de lo que Marcos era capaz de hacer y su ambición inútil, excesiva y estéril. Al llegar al último escalón, las piernas me dolían y ya podía imaginar su sufrimiento. Entonces comprendí que Marcos me había dicho la verdad, que Jaime no estaba bien, que no podía estar bien, que tenía que saberlo, pero él había elegido su camino, había elegido pintar, vaciarse en un saco roto, fracasar sin mí, solo del todo.

Yo también intenté encontrar un camino. Marcos me había pedido que no me fuera, pero me fui. Volvió a pedirme que no me marchara y me marché. Me largué yo también, estuve más de dos años viviendo en Londres, perdiendo el tiempo en casa de mi tío Antonio, intentando pintar, abandonando siempre, trabajando a temporadas en lo que salía, de camarera en un bar, de dependienta en una agencia de viajes, de recepcionista en un hotel. Aprendí a ser una mujer como las demás y al principio me asombré de lo fácil que parecía. La primera vez que me acosté con un hombre que no era Marcos, que no era Jaime, me sorprendió que su cuerpo fuera tan simple, que tuviera solamente dos brazos, dos piernas, dos manos, una boca y ninguna sombra detrás, ninguna culpa acechándole, ningún fantasma detrás de la puerta. Descubrí que el sexo podía ser sano, limpio, libre, adulto, maduro, razonable, trivial, eso fue lo peor, pero también me acostumbré a esa pobreza. Y sin embargo, seguía echándoles de menos, y con el paso del tiempo esa nostalgia se fue convirtiendo en una obsesión. Llegué a echarles tanto de menos que cada dos por tres me parecía escuchar sus voces entre las que hablaban en español en cualquier esquina del centro de la ciudad, y mi corazón se paraba de golpe hasta que me volvía a mirar, y no eran ellos, nunca eran ellos, pero un par de días después volvía a reconocerlos en los cuerpos de dos turistas españoles que caminaban delante de mí, y apretaba el paso hasta comprobar que había vuelto a equivocarme. Me equivocaba así, todos los días, cuando leí un anuncio en el periódico. Una gran casa inglesa de subastas seleccionaba personal para su nueva sede en España. Mandé un currículum, hice un par de entrevistas, conseguí un trabajo y volví a Madrid. Entonces ya estaba resignada a haber perdido a Jaime para siempre, pero creí que aún me quedaba Marcos. Si mi destino era aceptar la tiranía del número dos, me dije, mejor con él. Así me equivoqué por última vez.

Me había pedido que no le dejara solo y me había marchado. Cuando volví, ya no me necesitaba. Se había convertido en el pintor más importante de su generación y lo sabía. Tenía un éxito increíble y se estaba acostumbrando a disfrutarlo, a aceptar como algo natural que de repente le sobrara todo, el dinero, los amigos, los halagos, los admiradores, las ofertas, las invitaciones, los homenajes, las citas, los viajes, los proyectos, las mujeres. También las mujeres, de ésas a las que les gustan los ganadores. Llegaría a tener tanto éxito que, durante mucho tiempo, el éxito bastaría para salvarle. Cuando le llamé, tuve que dejarle tres mensajes en el contestador antes de que me devolviera la llamada. Me dijo que se alegraba mucho de que hubiera vuelto, que tenía muchas ganas de verme, que no había podido llamar antes porque estaba muy ocupado y que no podíamos quedar al día siguiente porque se iba a Alemania. Me han invitado a la Dokumenta de Kassel, me dijo, y sabía que esa noticia iba a impresionarme, y no quise ocultarle que estaba impresionada, ¡joder, qué bien!, ¿no? Sí, aceptó, como si el acontecimiento que estaba a punto de consagrarle tampoco tuviera demasiada importancia, y me contó que luego pensaba irse a Brasil, de vacaciones, pero que me llamaría a la vuelta. Nunca lo hizo y no me atreví a volver a llamar, pero me lo encontré muy pronto, en el Museo del Prado. Aquélla era la inauguración del año, una gran exposición institucional de pintura barroca española con préstamos de los museos más diversos, cuadros de Velázquez, de Ribera, de Murillo, de Zurbarán, que nunca habían vuelto a casa hasta entonces, pero él, Marcos Molina Schulz, primero de España y emperador de Alemania, era la estrella.

Le vi venir desde lejos, atravesar la sala por el pasillo espontáneo que la gente abría a su paso, sonreír a los advenedizos habituales, que le abrazaban, ellos, y le besaban, ellas, para que nadie pudiera dudar de la amistad que les unía con el genio emergente. Los que no tenían la suerte de que se lo hubieran presentado alguna vez, se daban codazos, murmuraban, le señalaban con el dedo. Yo no hice nada, no me acerqué a él, no le llamé, pero él me vio, me miró, y vino a saludarme. Iba vestido de blanco, unos pantalones de verano y una camisa suelta, amplia, llevaba una pulsera de semillas en la muñeca de la mano derecha y el pelo más largo que la última vez que nos habíamos visto. Estaba tan guapo que daba miedo, muy moreno, y más que eso. Era todavía muy joven, los dos lo éramos entonces, y sin embargo, parecía mayor, más maduro que yo, mucho más seguro, como si por él hubiera pasado una vida entera mientras a mí no me pasaba nada. A su lado, pegada a él, pendiente de que todo el mundo se diera cuenta de que sus cuerpos no llegaban a separarse en ningún momento, iba una chica muy rubia con un vestido muy ceñido, los labios gruesos y cara de muñeca. Ella también estaba muy morena. Me la presentó, se llamaba Blanca, y en el rato que estuvimos hablando, no más de tres minutos, quizás menos, le peinó dos veces con los dedos, le arregló el cuello de una camisa que no lo tenía, le besó en un brazo, y él no acusó ninguno de estos signos, como si estuviera acostumbrado a que le cuidara, a que le adorara, a que le mirara con los ojos extasiados que terminaron de sentenciar mi vida a una ruina prevista, definitiva. A pesar de eso, me alegré por él. Pensé que se lo merecía, llevaba muchos años mereciéndoselo.

A ella volví a verla en lugares parecidos, cada vez más rubia, más ceñida, colgada cada vez de un pintor distinto, cada vez más vulgar, menos importante, pero a Marcos ya no le vi más, sólo en los periódicos, en los catálogos de las exposiciones a cuya inauguración tenía la costumbre de no asistir, y en la televisión, cuando su obra se convirtió en una noticia digna de aparecer en los telediarios. No sabré jamás si adivinó mis últimas intenciones, pero prefiero pensar que fue así, que no quiso aceptar el saldo de mí misma que pensaba colocarle como un flamante hallazgo, que no quiso abrir un hueco para mis despojos en la imponente construcción de su futuro, que recordó a tiempo que él y yo, sin Jaime, no llegaríamos nunca a ninguna parte. Si fue así, fue mejor. Él me había pedido que no le dejara solo y yo me había marchado. Cuando regresé, su recuerdo, y el recuerdo de Jaime, estaban vivos, pero todo lo demás se había vuelto tan lejano, tan extraño, tan improbable como si nunca hubiera sucedido.

Después, trabajé. Durante mucho tiempo trabajé, en mi oficina, en mi cabeza, en mis amistades, en la calle y en los bares, en las cenas y en las fiestas trabajé, con el hombre que escogí para casarme, durante el tiempo que duró nuestro noviazgo, en la casa que estrenamos juntos, el día que nos casamos y después, trabajé duro, trabajé tanto que dejé de advertir que mi vida ya no era otra cosa que puro trabajo, un feo simulacro de mi vida, y seguí trabajando hasta que pude extirpar su recuerdo, hasta que logré avergonzarme de ellos, de mí misma, de todo lo que amó mi corazón, trabajé sin cesar, sin pensar, sin pararme jamás a descansar, trabajé hasta agotarme y no sirvió de nada. Estuve casada cinco minutos, menos de un año, ocho meses y trece días de trabajos forzados, más exactamente. El divorcio fue trivial, tan indoloro como la boda, y por eso seguí trabajando, trabajé duro, trabajé sola durante años enteros, y luego conocí a otro hombre, un agente de Bolsa amigo de mi hermano, muy rico, muy inteligente, muy inculto, no distinguía a Juan Gris de Piero della Francesca y le daba lo mismo, pero era divertido, me recordaba mucho a Jaime, estaba todo el tiempo haciendo bromas, riéndose de sí mismo y de los demás, yo había perdido la memoria del tiempo que había pasado desde que había dejado de reírme, había perdido la memoria del tiempo, había perdido la memoria.

Hasta que una noche fuimos a cenar a casa de unos amigos suyos, agentes de Bolsa y sus mujeres. Eran todos muy ricos, muy inteligentes, muy incultos, no tenían nada que ver conmigo pero yo era una gran trabajadora, una campeona del trabajo forzoso y solitario, y todo iba bien, iba más o menos bien hasta que alguien encendió la televisión y fue buscando una película pornográfica de canal en canal, todo fue bien hasta que la encontró. Yo les veía reírse, ponerse nerviosos, hacer bromas estúpidas de patio de colegio, y ya no me sorprendían sus palabras, sus carcajadas, sabía que eran muy incultos, horteras de puro incultos, todos muy ricos, muy inteligentes, no habrían distinguido a Juan Gris de Piero della Francesca y les habría dado lo mismo, yo lo sabía, todo era normal, previsible, hasta que vi aquellas imágenes, y no sé por qué tuvo que pasar aquella noche, en aquel lugar, no era la primera vez que veía imágenes como aquéllas, pero quizás la chica se me parecía, era castaña, casi rubia, tenía el pelo liso y muy largo, un probable aire ambiguo de *madonna* desorientada, quizás se parecían ellos, uno muy guapo, otro menos, el guapo muy alto, el otro no, los tres eran muy jóvenes, no tanto como nosotros entonces pero mucho más jóvenes que la mujer en la que yo me había convertido mientras les contemplaba, y daban la impresión de llevarse bien, se sonreían de vez en cuando, entre gemido y gemido, sin preocuparse de que la cámara captara o no sus sonrisas, no sé por qué tuvo que pasar aquella noche, en aquel lugar, pero nunca había visto nada tan parecido y tan distinto a la mejor época de mi vida, alguien pidió que subieran el volumen, alguien lo hizo, y era todo verdadero, todo falso, los gritos y las palabras y los gestos y los suspiros, era todo tan verdadero, todo tan falso que me encerré en un cuarto de baño y me puse a llorar. Cuando salí, había echado a perder mi maquillaje pero había recuperado la memoria, el recuerdo de otra vida mejor y verdadera, una cama grande, un balcón soleado, el olor del aguarrás y de tres cuerpos sudorosos, el humo del hachís, el ruido de los besos, de la risa. Y mi memoria decidió que las dos estábamos tan cansadas que no volveríamos a trabajar nunca más.

Había sido demasiado amor, tanto como el que yo podía dar, más del que me convenía.

Fue demasiado amor. Y luego, nada.

Cuando la ministra de Cultura me soltó, Jaime ya había llegado. Vino hacia mí andando muy despacio, los hombros encogidos, los ojos irritados por el llanto. Estaba más delgado, tenía muchas canas y una expresión amarga en la boca. Había cambiado mucho. Había cambiado tanto que al principio me pareció un desconocido, alguien a quien no me habría parado a saludar si me lo hubiera encontrado por azar en una calle. Pero cuando llegó a mi lado me abrazó, y yo le abracé, y mis brazos reconocieron sus brazos, un calor que nunca podría apagarse, y me aferré a él como si todavía tuviéramos veinte años, y él me abrazó así, nos abrazamos tanto, durante tanto tiempo, que el asombro ajeno fabricó un silencio vasto y denso a nuestro alrededor, igual que entonces.

–¿Dónde está?

Sólo así volvimos a estar juntos los tres, Jaime y yo vivos, solos, Marcos solo, muerto. Una soledad irremediable nos unía, nos mantendría solos y unidos para siempre. Jaime lloraba ahora, y yo ya no podía acompañarle, ya había derramado a solas todas mis lágrimas. Me miró, y no supe qué decir. Me besó, y le besé, nos besamos como si él fuera un soldado y yo una muchacha desconocida que celebra la llegada de un ejército extranjero a una ciudad remota, con el mismo miedo, con la misma avidez, para combatir la misma clase de desesperanza, nos besamos tanto, durante tanto tiempo, conociéndonos tan bien en aquel beso, que nuestro propio asombro fabricó para nosotros un refugio de silencio que nunca nos había hecho falta antes. Hasta que aquellos hombres se llevaron a Marcos, y nos dejaron un poco más solos, tan solos como estábamos.

–¿Has traído el coche? –me preguntó, y su voz sonó igual que antes, me había preguntado lo mismo cientos de veces, con las mismas palabras, la misma entonación. Cuando se dio cuenta sonrió, y su sonrisa no disipó el dolor, pero lo hizo más transitable.

Pasaría mucho tiempo antes de que lograra volver a sonreír, y minutos enteros sin que ninguno de los dos despegara los labios. Estábamos sentados en mi coche, yo conduciendo, él a mi lado, los dos mirando hacia delante con el cuerpo rígido, la cabeza tiesa y una sensación incómoda de incredulidad, como si no pudiéramos creer que seguíamos siendo nosotros mismos. A mí, al menos, me costaba trabajo creerlo. Nos habíamos besado delante de un cadáver sólo por no hablar, por no tener que decir, que pensar nada, sólo sentir. Aquello había sido fácil, esto era muy difícil, pero ya habíamos perdido la costumbre de gobernar nuestras viejas dificultades. Cuando no pudimos más, nos embarcamos a la vez en el tipo de conversación que habríamos mantenido con un taxista, cómo ha cambiado esto, sí, ¿a que es increíble?, desde luego, ¿cuánto tiempo hace que no venías a Madrid?, no tanto, unos ocho meses, pero vine a una cátedra, ¿a qué?, a una oposición, ¡ah, sí, claro!, me recogió el presidente del tribunal, fui derecho a la facultad, luego a comer, y desde el restaurante derecho al aeropuerto otra vez, ni siquiera me quedé a dormir, entonces eres catedrático, ¿no?, sí, ¿desde cuándo?, desde hace un par de años más o menos, ¡qué bien!, ¿no?, bueno, no creas que eso cambia mucho las cosas, me pagan más que cuando era titular pero el trabajo es más o menos el mismo, bueno, pero ser catedrático es más importante, ¿tú crees?, sí, ¿no?, no sé, pero cuando salió mi plaza estaba a punto de divorciarme y el dinero me venía muy bien, no había terminado todavía de pasarle una pensión a mi primera ex mujer y me veía venir que tendría que empezar a pasarle otra a la segunda, al final la pobre no me pidió nada, pero llevaba un montón de meses preparándome, así que, al final, saqué la cátedra igual, ¿y los niños?, ¿qué niños?, pues..., no sé, ¿no teníais hijos?, no, no he querido tener hijos, con ninguna de las dos, ¿y tú?, ¿yo qué?, ¿tú tienes hijos?, no, yo tampoco, pero estás casada, no, también estoy divorciada, pero sólo me equivoqué una

194

vez y me di cuenta enseguida, ni siquiera celebramos el primer aniversario, ya, es que tú siempre has sido más lista que yo, uy, no creas, yo no estaría tan segura... Y en ese momento, me di cuenta de que ninguna conversación con un taxista habría llegado tan lejos.

–Ninguno de los tres hemos querido tener hijos –dijo entonces, como si no hablara conmigo, como si lo pensara sólo para sí mismo–. Marcos tampoco los tuvo... No quedará memoria de nosotros.

–De él sí –le contesté.

–Sí, es verdad –admitió, dándome la razón con la cabeza–. De Marcos sí. Él tendrá una memoria larga, quizás eterna.

Ahí pudo terminar todo. En ese punto podríamos haber dado marcha atrás, concentrarnos en la obra de Marcos, comentarla, analizarla, valorarla, calcular su precio, comportarnos igual que los demás asistentes a su entierro. Pero él prefirió demostrarme que aún podíamos parecernos a nosotros mismos.

–Nunca me lo perdonó –dijo de repente, después de una pausa como las demás, sin apartar los ojos de la M-30–. Fue todo culpa mía. Yo me rajé, me acojoné, lo eché todo a perder, y Marcos nunca me lo perdonó. Fue todo culpa mía, es verdad, pero yo no podía, Jose, no podía. Él era demasiado grande, yo demasiado pequeño, y no conseguía acostumbrarme a eso, no podía soportarlo, no podía seguir... Marcos nunca me lo perdonó, pero a veces pienso que si no me hubiera marchado, si hubiéramos vivido los tres juntos, tú y yo juntos, y él mirándonos, quizás todo habría acabado peor...

–Para mí no –le contesté.

–Para ti también.

–No. Para mí lo peor empezó luego, todo lo peor me ha pasado después. Pero vosotros seguisteis juntos, me abandonasteis y seguisteis juntos. Tú elegiste abandonarme a mí y seguir siendo su amigo.

–No es verdad. Yo no pude elegir, no podía elegir, ya lo sabes, hablamos de eso muchas veces...

–Y al final, me traicionasteis. Dejasteis de pelearos por mí y me eliminasteis, me dejasteis fuera, aparte. He visto cuadros suyos dedicados a ti, y tu nombre en la lista de agradecimientos de todos sus catálogos...

Había vuelto a llorar sin darme cuenta. No sabía si lo que acababa de decir era verdad, porque nunca lo había pensado antes. Hasta aquel momento, nunca me había dolido la certeza de que ellos habían seguido siendo amigos, al contrario, me gustaba descubrir el rastro de Jaime en la vida de Marcos, me gustaba tanto como verme retratada en las muchachas de sus cuadros. Su nombre, el de Marcos, el rostro de mis veinte años, fabricaban un hilo delgado pero irrompible, un vínculo delicado y secreto que nos mantenía unidos por encima del tiempo y de la distancia, sobre las nubes que atravesaban sin pausa y sin clemencia el cielo bajo el que yo había vivido sola, y ellos no. Sin embargo, reprochárselo al único que aún podía escucharme me consoló en aquel momento por la pérdida del que ya no podía defenderse. No sabía si lo que acababa de decir era verdad, pero fue verdad mientras lo dije, porque necesitaba escuchar que me querían, que nunca habían dejado de quererme. Yo les había querido como no había vuelto a querer a nadie en toda mi vida, quizás por eso había vuelto a llorar sin darme cuenta. Aproveché un semáforo en rojo para limpiarme los ojos y miré a Jaime, y él me miró. Estaba más sereno que yo, quizás porque sabía que estaba siendo injusta con él, y porque estaba dispuesto a aceptarlo.

–Yo nunca te he traicionado, Jose. Marcos nunca te traicionó. Los dos estábamos enamorados de ti. Yo más. Y te abandoné, eso es verdad, pero no te traicioné. No te he traicionado nunca. Debería haberme quedado contigo, lo sé, ahora lo sé, pero eso significaba renunciar a pintar, y en aquel momento creí que no podía. Tenía que apartarme de Marcos. Tenía que dejar de verle, cortar con todo, porque su obra me aplastaba, me machacaba, me estaba matando, pero él era mi amigo, yo le quería. Y te quería todavía más a ti, a ti te quería más que a nadie, Jose, pero no podía, creí que no podía seguir... Tenía que intentarlo, eso creía, y luego, cuando todo salió mal, cuando yo estaba peor, más hundido, más fracasado, más solo que nunca, fue él quien me buscó. Marcos me sacó del hoyo. Me convenció de que no podía seguir siendo un pintor mediocre, de que era mejor que me dedicara a otra cosa, cualquier cosa antes que acabar pintando retratos por encargo de las amigas de mi madre. Cuando volvimos a vernos, a llamarnos, a veranear juntos, todo había cambiado. Él todavía no había ido a Kassel pero ya era famoso, vivía en Madrid, yo me había marchado a Valencia y no era nadie, él tenía novia y yo acababa de dejar a una mujer con la que había vivido en Castellón un par de años, después de irme de aquí. Tú ya no estabas. Había pasado mucho tiempo y ya no estabas, no sabíamos nada de ti. Podríamos haberte buscado. Yo podría haberte buscado, pero era demasiado tarde.

–Nunca te lo perdonaré.

–Me alegro de saberlo –seguía mirándome y dejó de hacerlo, miró por la ventana, me miró otra vez–. Eso quiere decir que todavía te importa.

–No seas tramposo, Jaime.

–¿Por qué no? Siempre lo he sido. Soy demasiado viejo para cambiar.

Entonces volví a sonreír, no pude evitarlo, mis labios decidieron sonreír aunque ya circulábamos por el cementerio, una gran avenida flanqueada por tumbas viejas, el mármol blanco ya gris, las verjas oxidadas, las inscripciones medio borradas por la lluvia y el hielo, las letras góticas más góticas aún tras soportar el sol y la humedad de tantos años.

–Da la vuelta, Jose, vámonos de aquí. No quiero ver cómo lo entierran, no quiero poner flores encima de su tumba, no quiero echar tierra sobre su ataúd, no quiero acordarme...

No terminó la frase, no hacía falta. Pisé el freno y los otros coches empezaron a adelantarnos. Allí iban los pintores, los galeristas, los críticos de arte, los periodistas especializados, los directores de museos, los profesores universitarios, su ex mujer, mi jefe, y todos seguirían hablando de dinero.

–Vámonos, Jose –insistió–. A él ya le da igual. Yo soy el más culpable de los tres, pero vosotros también os equivocasteis, ¿no? Al final, no supimos hacer nada bien. Y todos hemos pagado por eso, todos hemos perdido... Además, si Marcos está en alguna parte, tiene que saber que se ha salido con la suya. Nunca lograremos quitárnoslo de encima.

Tenía razón, recordé a tiempo que solía tenerla. Esperé a perder de vista el último coche, di la vuelta y salimos del cementerio muy deprisa.

–¿Adónde vamos? –pregunté después, y él hizo un gesto vago con los labios–. ¿Al Burger King?

Él se rió, yo me reí, y supongo que Marcos, desde el asiento de atrás, se rió también. Había pasado mucho tiempo, pero a ninguno de los tres se nos había olvidado que Jaime y yo, solos, no llegaríamos nunca a ninguna parte.